梁實秋

雅舍小品

·四集·

梁实秋 著

人民文学出版社

图书在版编目（CIP）数据

雅舍小品.四集/梁实秋著.——北京：人民文学出版社，2024
ISBN 978-7-02-018561-0

Ⅰ.①雅… Ⅱ.①梁… Ⅲ.①散文集-中国-现代 Ⅳ.①I266

中国国家版本馆CIP数据核字（2024）第056440号

责任编辑	温　淳
装帧设计	刘　远
责任印制	王重艺

出版发行	人民文学出版社
社　　址	北京市朝内大街166号
邮政编码	100705
印　　刷	三河市中晟雅豪印务有限公司
经　　销	全国新华书店等
字　　数	88千字
开　　本	787毫米×1092毫米　1/32
印　　张	7　插页1
印　　数	1—5000
版　　次	2024年5月北京第1版
印　　次	2024年5月第1次印刷
书　　号	978-7-02-018561-0
定　　价	46.00元

如有印装质量问题，请与本社图书销售中心调换。电话：010-65233595

目 录

让 ___ 001
"啤酒"啤酒 ___ 006
守 时 ___ 012
对 联 ___ 018
图 章 ___ 024
钱 ___ 031
勤 ___ 037
包 装 ___ 040

头 发 ___ 045
制 服 ___ 051
职 业 ___ 054
书 法 ___ 061
厨 房 ___ 066
废 话 ___ 072
求 雨 ___ 077
一条野狗 ___ 083
幸灾乐祸 ___ 088

快　乐 ___ 094
北平的冬天 ___ 099
一只野猫 ___ 106
领　带 ___ 111
点　名 ___ 116
我看电视 ___ 120
奖　券 ___ 127
婚　礼 ___ 132
钥　匙 ___ 138
铜　像 ___ 143
计程车 ___ 147

鬼 ___ 154
好　汉 ___ 160
球　赛 ___ 166
偏　方 ___ 172
窝　头 ___ 178
厌恶女性者 ___ 183
教育你的父母 ___ 187
干屎橛 ___ 193
风　水 ___ 197
天　气 ___ 203
礼　貌 ___ 208
高尔夫 ___ 214

让

初到西方旅游的人，在市区中比较交通不繁的十字路口，看到并无红绿灯指挥车辆，路边常竖起一个牌示，大书 Yield 一个字，其义为"让"，觉得奇怪。等到他看见往来车辆的驾驶人，一见这个牌示，好像是面对纶綍①一般，真个的把车停了下来，左顾右盼，直到可以通行无阻的时候才把车直驶过去。有时候路上根本并无车辆横过，但是驾驶人仍然照常停车。有时候有行人穿越，不分老少妇孺，他也一律停车，乖

---

① 纶綍，读 lúnfú，指皇帝的诏令。

乖的先让行人通过。有时候路口不是十字，而是五六条路的交叉路口，则高悬一盏闪光警灯，各路车辆到此一律停车，先到的先走，后到的后走。这种情形相当普遍，他更觉得奇怪了，难道真是礼失而求诸野？

据说："让"本是我们"固有道德"的一个项目，谁都知道孔融让梨、王泰推枣的故事。《左传》老早就有这样的嘉言："让，德之主也。"（《昭十》）"让，礼之主也。"（《襄十三》）《魏书》卷二十记载着东夷弁辰国的风俗："其俗，行者相逢，皆住让路。"当初避秦流亡海外的人还懂得"行者相逢皆住让路"的道理，所以史官秉笔特别标出，表示礼让乃泱泱大国的流风遗韵，远至海外，犹堪称述。我们抛掷一根肉骨头于群犬之间，我们可以料想到将要发生什么情况。人为万物之灵，当不至于狼奔豕窜的攘臂争先的夺取一根骨头。但是人之异于禽兽者几希，从日常生活中，我们可以窥察到懂得克己复礼的道理的人毕竟不太多。

在上下班交通繁忙的时刻，不妨到十字路口伫立片刻，你会看到形形色色的车辆，有若风驰电掣，目不暇给。从前形容交通频繁为车水马龙，如今马不易见，车亦不似流水，直似迅濑哮吼，惊波飞薄。尤其是一溜臭烟噼噼啪啪呼啸而过的成群机车，左旋右转，见缝就钻，比电视广告上的什么狼什么豹的还要声势浩大。如果车辆遇上红灯摆长队，就有性急的骑机车的拚命三郎鱼贯窜上红砖道，舍正路而弗由，抄捷径以赶路，红砖道上的行人吓得心惊胆战。十字路口附近不是没有交通警察，他偶尔也在红砖道上蹀躞①，机车骑士也偶尔被拦截，但是刚刚拦住一个，十个八个又嗖的飞驰过去了。不要以为那些骑士都是汲汲的要赶赴死亡约会，他们只是想省时间，所以不肯排队，红砖道空着可惜，所以权为假道之计。骑车的人也许是贪睡懒觉，争着要去打卡，也许有什么性命交关的事耽误不得，行人只好让路。行人最懂得让，

---

① 蹀躞，读 diéxiè，小步走路。

让车横冲直撞，不敢怒更不敢言，车不让人人让车，我们的路上行人维持了我们传统的礼让。什么时候才能人不让车车让人，只好留待高谈中西文化的先生们去研究了。

大厦七层以上，即有电梯。按常理，电梯停住应该让要出来的人先出来，然后要进去的人再进去，和公共汽车的上下一样。但是我经常看见一些野性未驯的孩子，长头发的恶少，以及绅士型的男士和时装少妇，一见电梯门启，便疯狂的往里挤，把里面要出来的人憋得唧唧叫。公共场所如电影院的电梯门前总是拥挤着一大群万物之灵，谁也不肯遵守先来后到的顺序而退让一步。

有人说，我们地窄人稠，所以处处显得乱哄哄。例如任何一个邮政支局，柜台里面是桌子挤桌子，柜台外面是人挤人，尤其是邮储部门人潮汹涌，没有地方从容排队，只好由存款簿图章在柜台上排队。可见大家还是知道礼让的。只是人口密度太高，无法保持秩序。其实不然，无论地方多么小，总可以安排下一个单行纵队，队可以无限伸长，伸到街上去，可以转弯，可以队首不见队尾，循序向前挪移，岂不甚好？何必存款簿图章排队而大家又在柜台前挤作一团？说穿了还是争先恐后，不肯让。

小的地方肯让，大的地方才会与人无争。争先是本能，一切动物皆不能免；让是美德，是文明进化培养出来的习惯。孔子曰："当仁不让于师。"只有当仁的时候才可以不让，此外则一定当以谦让为宜。

"啤酒"啤酒

两年前有一天我的女儿文蔷拿来三罐啤酒,分别注入三个酒杯,她不告诉我各个的牌名,要我品尝一下,何者为最优。我端起酒杯,先放在鼻下一嗅,轻轻浅尝一口,在舌端品味,然后含一大口在嘴里停留一下再咕噜一声下咽。好像我真懂品酒似的。三杯品尝过后,迟疑了一阵,下判断说:"这一杯比较最香最美。"她笑着记下我所投的一票。

然后她另换三个杯子,也各注入不同商标的啤酒,要我的外孙邱君达来品尝。他已成年,可以喝酒。他喝了之后,皱皱眉头,说:"我认为这一杯最好。"

她又记下了他所投的一票。

她再换三杯，斟满了酒，要我的即将成年的外孙君迈参加评判。他一杯一大口，耸肩摊手，说："差不太多，比较这一杯较佳。"她又记下他的一票。

她说："现在我要宣布品评的结果了。我选的三种不同的啤酒，第一种是瑞尼尔啤酒，是有名的老牌子……"我证实她的话说："不错，是老牌子，我在六十九年前就喝过瑞尼尔啤酒，那时候美国正在禁酒，但是啤酒不禁，所以我很喝过些瓶。那时候啤酒尚无罐装，只有大小两种玻璃瓶装。我喝惯了站人牌、太阳牌啤酒，初喝瑞尼尔牌觉得味淡而香，留有很好印象。透明的玻璃瓶，标签上印着西雅图附近山巅积雪的瑞尼尔山。"她接着说："第二种是奥仑比克啤酒。"我立即忆起十年前参观过的西雅图南边的奥仑比克啤酒厂，厂房规模不小，参观者络绎不绝，分批由专人讲解招待，展示啤酒酿造过程，最后飨客啤酒一大杯。此后我常喝奥仑比克啤酒。酒罐上有一句标语——It's the water（是由于水好），这句话很传神。她最后介绍第三种，没有牌名，本地人称之为"啤酒"啤酒（"Beer" beer）。

这就怪了。什么叫做"啤酒"啤酒？

我们一致投票的结果认为最好的啤酒正是这个没有牌名的啤酒，正式的名称是 Generic Beer（无牌名的啤酒）。罐头上糊一张白纸，没有任何色彩图样和宣传文字，只有一个粗笔大字 Beer。看起来真不起眼，没有尝试过的人不敢轻易选用。本地人无以名之，名之为"啤酒"啤酒。

这个试验是有意义的，证明货的好坏不一定依赖牌名或厂家的名义，更不在于装潢，较可靠的方法是由消费者自己实际直接辨别。某一牌名或厂家的出品，能在市场建立信用，受人欢迎，当然有其理由，绝非幸致。但是老牌子的出品未必全能长久保持原来的品质，新牌子的出品亦未必全是后来居上。因此消费者要提高警觉。

货物的包装是一门学问。包装要结实,又要轻巧,要有图案,又要不讨厌,要有色彩,又要不庸俗。要有第一流的好手投入包装设计的工作里,要肯不惜工本的在包装上精益求精。佛要金装,人要衣装,货品要包装。

广告是推销术的一大重要项目。要使用各种技巧,抓住人的注意,引起人的好奇,诱发人的欲望,而时常以利用人的弱点为最厉害的手段,并且以连续不断的方式在大众面前出现,使人于不知不觉之中接受暗示,以达到销售的目的。广告的费用是成本的一部分。

无牌名货品在观念上是一项革新,亦可说是一种反动。为要达到物美价廉的目的,不要装潢,不做广告,赤裸裸的以本来面目在货架上与人相见。以"啤酒"啤酒来说,其价格仅约为其他名牌啤酒之一半,而其品质之高为众所公认。

无牌名货物之出现首先是在法国,时为一九七六年。有一系列的连锁超级市场名加瑞福（Carrefour）者，推出几种无牌名的商品，立即从法国推展到美国的芝加哥，先是珍宝食物商品（Jewelgrocers）采用，随即蔓延到全美各超级市场。以塔科玛为根据地的西海岸食品商店（West Coast Grocers），是推销无牌名商品的一大重镇。西雅图东北区则以阿伯孙超级市场为主要推销处，在全部食物销售量中约占百分之二，但是前势看好。有些超级市场让出整行的货架陈列无牌物品，如花生酱、纸巾、啤酒之类。也有些超级市场拒售无牌商品，如Safeway及Thriftway是，他们推出本厂特产的商品，以与无牌商品抗衡。也有人指责无牌商品的品质欠佳，例如阿伯孙市场出售之无牌香草冰淇淋，有人说气泡多而奶油少。但是一般而论，责难的情形很少，至少"啤酒"啤酒的声誉日隆。出产这种啤酒的是华盛顿州温哥华的大众酿造公司（General Brewing Co.），于一九七九年十一月开始上市，现已成为市场上的热门货品，在西部有六州发售。由于生产能力的限度，已无法再行扩展业务。

并不是人人都喜爱物美价廉的东西。也有人要于物美之外还要价昂，因为价昂可以满足另外一种欲望，显得自己是高人一等，属于富裕的阶级，所以"啤酒"啤酒尽管是物美价廉，仍有人不惜加以摈斥，私下里喝未尝不可，公开用以待客好像是有伤体面了。

我爱"啤酒"啤酒，不仅是因为物美价廉，实乃借此表示我对于一般夸张不实的广告之厌恶。我们为什么要受某些骗人的广告的愚弄？为什么要负担不必要的广告费用、装潢费用？

我的大女儿文茜远道来探亲，文蔷知道乃姊嗜饮，问我预备什么酒好，我不假思索，脱口而出的说："啤酒"啤酒。

守 时

《史记》五十五《留侯世家》，记载圯上老人授书张良的故事，甚为生动：

"后五日平明，与我会此。"良因怪之，跪曰："诺。"五日平明，良往。父已先至，怒曰："与老人期，后，何也？"去，曰："后五日早会。"五日鸡鸣，良往。父又先在，复怒曰："后，何也？"去，曰："后五日复早来。"五日，良夜未半往。有顷，父亦来，喜曰："当如是。"

老人与良约会三次。第一次平明为期,平明就是天刚亮,语义相当含糊,天亮到什么程度才算是平明,本难确定。"东方未明"是一阶段,"东方未晞",又是一阶段,等到东方天际泛鱼肚色则又是一阶段。良平明往,未落日出之后,就不算是迟到。老人发什么脾气?说什么"与老人期"之倚老卖老的话?第二次约,时间更不明确,只说早一点去。良鸡鸣往,"鸡既鸣矣",就是天明以前的一刹那,事实上已经提早到达,还嫌太晚。第三次良夜未半往,夜未半即是午夜以前,这一次才满老人意。既然如此,为什么不早明说,虽然这是老人有意测验年轻人的耐性,但也不必这样蛮不讲理的折磨人。有人问我,假如遇见这样的一个老人作何感想,我说我愿效禅师的说法:"大喝一声,一棒打杀!"

黄石公①的故事是神话。不过守时却是古往今来文明社会共有的一个重要的道德信念。远古的时候问

---

① 即圯上老人。

题简单，日出而作，日入而息，根本没有精确的时间观念，而且人与人要约的事恐怕也不太多。《易·系辞》所谓"日中为市，致天下之民，聚天下之货，交易而退，各得其所"，不失为大家在时间上共立的一个标准，晚近的庙会市集，也还各有其约定俗成的时期规格。自从有了漏刻，分昼夜为百刻，一天之内才算有正确时间可资遵循。周有挈壶氏，自唐至清有挈壶正，是专管时间的官员。沙漏较晚，制在元朝。到了近年，也还有放午炮之说。现代的准确计时之器，如钟表之类，则是明季的舶来品，"明万历二十八年，大西洋人利玛窦来献自鸣钟"（《续通考·乐考》），嗣后自鸣钟在国内就大行其道。我小时候在三贝子花园畅观楼内，尚及见清朝洋人所贡各式各样的自鸣钟，金光灿烂，洋洋大观。在民间几乎家家案上正中央都有一架自鸣钟，用一把钥匙上弦，昼夜按时刻叮叮当当的响。外国人家墙上常见的鹧鸪钟，一只小鸟从一个小门跳出来报时，在国内尚比较少见。好像我们老一辈的中国人特别喜爱钟表,除了背心上特缝好几个小衣袋专放怀表之外,比较富裕人家墙上还常有一个硬木螺钿玻璃门的表柜,里面挂着二三十只形形色色的表,金的、银的、景泰蓝的、闷壳的,甚至背面壳里藏有活动秘戏图的,非如此不足以餍其收藏癖。至于如今的手表(实际是腕表)则高官大贾以至贩夫走卒无不备有一只了。

普遍的有了计时的工具,若是大家不知守时,又有何用?普通的衙门机关之类都订有办公时间,假如说是八点开始,到时候去看看,就会知道那是怎么一回事。大抵较低级的人员比较最守时,虽然其中难免有几位忙着在办事桌上吃豆浆油条。首长及高级人员大概就姗姗来迟了,他们还有一套理由,只有到了十点左右办稿拟稿逐层旅行的公文才能到达他们手里,早去了没有用。至于下班的时间,则大家多半知道守时,眼巴巴的望着时钟,谁也不甘落后。

和民众接触最频繁的莫过于银行邮局,可是在门前逡巡好久，进门烧头炷香的顾客不见得立刻就能受理，往往还要伫候一阵子，因为柜台后面的先生小姐可能很忙，忙着打开保险柜，忙着搬运文件，忙着清理卡片，忙着数钞票，忙着调整戳印，甚至于忙着泡茶，在在①都需要时间。顾客们要少安毋躁。

朋友宴客，有一两位照例迟到，一碟瓜子大家都快嗑完了，主人急得团团转，而那一两位客偏不来。按说"后至者诛"才是正理，但是后至者往往正是主客或是贵宾，所以必须虚上席以待。旧日戏园演戏，只有两盏汽油灯为照明之具，等到名角出台亮相，则几十盏电灯一齐照耀，声势非凡。有迟到之癖的客人大概是以名角自居，迟到之后不觉得歉然，反倒有得色。而迟到的人可能还要早退，表示另有一处要应酬，也许只是虚晃一招，实际是回家吃碗蛋炒饭。

要守时，但不一定要分秒不差，那就是苛求了。但也不能距约定时间太远，甲欲访乙，先打电话过

---

① 在在，意处处，各方面。

去商洽，这是很有礼貌的行为，甲问什么时候驾临，乙说马上就去。问题就出在这"马上"二字，甲忘了钉问是什么马，是"竹披双耳峻，风入四蹄轻"的胡马，还是"皮干剥落，毛暗萧条"的瘦马，是练习纵跃用的木马，还是渡过了康王的泥马。和人要约，害得对方久等，揆诸①时间即生命之说，岂是轻轻一声抱歉所能赎其罪愆？

守时不是容易事，要精神总动员。要不要先整其衣冠，要不要携带什么，要不要预计途中有多少红灯，都要通过大脑盘算一下。迟到固然不好，早到亦非万全之策，早到给自己找烦恼，有时候也给别人以不必要的窘。黄石公那段故事是例外，不足为训。记得莎士比亚有一句戏词："赴情人约，永远是早到。"情人一心一意的在对方身上，不肯有分秒的延误，同时又怕对方忍受枯守之苦，所以"月上柳梢头，人约黄昏后"，老早的就去等着，"月移花影动，疑是玉人来"了。

我们能不能推爱及于一切要约，大家都守时？

---

① 揆诸，读 kuízhū，指审查度量思考。

对　联

我们中国字不是拼音的,一个字一个音,没有词类形式的变化,所以特宜于制作对联,长联也好,短联也好,上下联字字对仗,而且平仄谐调,读起来自有节奏,看上去整整齐齐。外国的拼音文字便不可能有这种方便。我服务过的一个学校,礼堂门口有一副对联:"养天地正气,法古今完人",写作俱佳。有人问我如何译成英文,我说,只可译出大意,无法译成联语。外文修辞也有所谓对仗(antithesis),也只是在句法上作骈列的安排,谈不到对仗之工与音调之美。我们的对联可以点缀湖山胜迹,可以装潢寓邸门庭,是我们独有的一种艺术品。

楹联佳制,所在多有。但是给人印象深刻者,各人所遇不同。北平人文荟萃之区,好的门联并不多觏①。宫阙官衙照例没有门联,因为已有一番气象,容不得文字点缀。天安门前只可矗立华表或是擎露盘之类,不可以配制门联,也不可以悬挂任何文字的牌语。平民老百姓的家宅才讲究门联,越是小门小户的人家越不会缺少一副门联。王公贝子的府邸门前只列有打死人不偿命的红漆木头棍子。

我的北平故居大门上一联是最平凡的一副:"忠厚传家久,诗书继世长"。可是我近年来越想越觉得其意义并不平凡,而且是甚为崇高。这不是夸耀门楣,以忠厚诗书自许,而是表示一种期望,在人品上有什么比忠厚更为高尚?在修养上有什么比诗书更为优美?有人把"久""长"二字删去,成为"忠厚传家,诗书继世"的四言联,这意思更好,只求忠厚宅心,

---

① 觏,读 gòu,遇见。

儒雅为业，至于是否泽远流长就不必问。常看到另一副门联："国恩家庆，人寿年丰"，是善颂善祷的意思，不过有时候想想流离丧乱四海困穷的样子，这又像是一种讽刺了。有一人家门口一副对联："敢云大隐藏人海，且耐清贫读我书"，有一点酸溜溜的，但是很有味，不知里面住的是怎样的一位高人。

春联最没有意思，据说春联始自明太祖："帝都金陵，除夕传旨，公卿士庶家，门下须加春联一副。"仓促之间，奉命制联，还能有好的作品？晚近只有蓬户瓮牖①之家，才热衷于贴春联。给颓垣垩室平添一些春色，也未尝不可。曾见岁寒之日，北风凛冽，有一些缩头缩脑的人在路边当众挥毫，甚至有髫龄卯齿②的小朋友也蹲在凳子上呵冻作书，引得路人聚观，无非是为博得一些笔墨之资，稍裕年景而已。春联的词句，不外一些吉祥颂祷之语，即使搬出杜甫的句子

---

① 指穷苦人家。
② 髫，读 tiáo，指小孩头发扎起来下垂的样子。卯齿，指五到七岁换牙。

如"楼阁烟云里，山河锦绣中"，或孟浩然的句子如"咸歌太平日，共乐建寅春"，仍然不免于俗。如果怀有才气，当然可以自制春联，不过对仗要工，平仄要调，并不是上下联语字数相同即可充数。

幼时，检家中旧箧，得墨拓书对联一副："铁肩担道义，辣手著文章"。杨继盛，字椒山，明嘉靖进士，官吏部员外郎，是一位鲠直的正人君子，曾劾严嵩五奸十大罪，被构陷下狱，终弃市。我看了那副对联，字如其人，风骨凛然，令人肃然起敬，遂付装池，悬我壁上。听说椒山先生寓邸在北平西城某胡同（丰盛胡同？）改为祠堂，此联石刻即藏祠堂内，可惜我没有去瞻仰。担道义即是不计利害的主持正义，杀身成仁舍生取义，椒山先生当之无愧。所谓辣手著文章，我想不是指绍兴师爷式的刀笔，没有正义感而一味的尖酸刻薄是不足为训的。所谓辣手应是指犀利而扼要的文笔。这一副对联现在已不知去向，但是无形中长是我的座右铭。

稍长，在一本珂罗版影印的楹联集里，看到一副联语："平生感意气，少小爱文辞"。是什么人写的，记不得了。这两句诗是杜甫《移居公安县赠卫大郎》里的句子，我十分喜爱。这两句是称赞卫大郎的话，仇注："感其平时意气，如江海之流易合，又爱其少而能文，知风云之会有期。"卫大郎能当得起这样的夸赞，真是"不易得"的人物了。我一时心喜，仿其笔意写成五尺对联，笔弱墨浊，一无是处，不料墨沈未干，有最相知的好友掩至，谬加赞赏，携之而去。经付装池，好像略有起色，竟悬诸伊之客室，我见之不胜愧汗，如今灰飞云散人琴俱渺矣！

民国二十年夏，与杨今甫、赵太侔、闻一多、黄任初诸君子公出济南，偷闲游大明湖。泛小舟，穿行芰荷菱芡间，至历下亭舍舟登陆。仰首一看，小亭翼然，榜书一联"海右此亭古，济南名士多"。这是杜甫于天宝四年陪李北海宴历下亭诗里的两句，亭为胜迹，座有佳宾，故云。大凡名胜之地必有可观，若有前贤履迹点缀其间，则尤足为湖山生色。当时我的感触很深，"云山发兴""玉佩当歌"的情景如在目前，此一联语乃永不能忘。

西湖的楹联太多了，我印象深的只有两个。一个是岳坟的一副："青山有幸埋忠骨，白铁无辜铸佞臣。"自古忠奸之辨，一向严明。坟前一对跪着的铁像，一个是秦桧，一个是裸着上身的其妻王氏，游人至此照例是对秦桧以小便浇淋，否则便是吐痰一口，臭气熏天，对王氏则争扪其乳，扪得白铁乳头发光。我每谒岳坟，辄掩鼻而过，真有"白铁无辜"之叹。白铁铸成佞臣，倒也罢了，铸成佞臣之后所受的侮辱，未免冤枉。西湖另一副难忘的对联是："万顷湖平长似镜，四时月好最宜秋"。联在平湖秋月，把平湖秋月四个字嵌入联中，虽然位置参差，但是十分自然。我因为特别喜欢西湖的这一景，遂连带着也忘不了这副对联。

图 章

印章篆刻是我们中国特有的一种艺术。从春秋战国时起，到如今有二千多年的历史。最初只是一种凭信的记号，后来则于做凭信记号之外兼为一种艺术。

外国不是没有图章。英国不是也有所谓掌玺大臣么？他们的国王有御玺，有大印，和我们从前帝王之有玉玺没有两样。秦始皇就有螭虎纽六玺。不过外国没有我们一套严明的制度，我们旧制是帝王用者曰玺曰宝，官吏曰印，秩卑者曰钤记，非永久性的机关曰关防，秩序井然。讲到私人印信，则纯然是我们的国粹。外国人只凭签字，没有图章。我们则几乎没有一个人没有图章。签支票、立合同、掣收据、报户口、填结婚证书、申报所得税,以至于收受挂号信件包裹,无一不需盖章。在许多情况中,凭身份证验明正身都不济事,非盖图章不可。刻一个图章,还不容易?到处有刻字匠,随时可以刻一个。从前我在北平,见过邮局门口常有一个刻字摊,专刻急就章,用硬豆腐干一块,奏刀刻画,顷刻而成,钤盖上去也是朱色烂然,完全符合邮局签字盖章的要求。

我有一位朋友,他很有自知之明,他知道一颗图章早晚有失落之虞,或是收藏太好而忘记收藏之所,所以他坚决不肯使用图章,尤其在银行开户,他签发支票但凭签字。他的签字式也真别致,很难让人模仿得像。但是天有不测风云,他突然患了帕金森症,浑身到处打哆嗦,尤其是人生最常使用的手指头,拿不住筷子,捧不稳饭碗,摸不着电铃,看不准插头,如何能够执笔在支票上签字?勉强签字如鬼画符,银行核对下来不承认。后来几经交涉,经过好多保证才算把款提了出来,这时候才知道有时候签字不如盖章。

有些外国人颇为羡慕我们中国人的私章,觉得小小的一块石头刻上自己的名姓,或阴或阳,或篆或籀,或铁线或九叠,都怪有趣的。抗战时期,闻一多在昆明,以篆刻图章为副业,当时过境的美军不少,常有人登门造访,请求他的铁笔。他照例先给他起一个中国姓名,讲给他听,那几个中国字既是谐音,又有吉祥高雅的涵义,他已经乐不可支,然后约期取件,当然是按润例计酬。雕虫小技,却也不轻松,视石之大小软硬而用指力、腕力,或臂力,积年累月的捏着一把小刀,伏在案上于方寸之地纵横排奡①,势必至于两眼昏花,肩耸背驼,手指磨损。对于他,篆刻已不复是文人雅事,而是谋生苦事了。

在字画上盖章,能使得一幅以墨色或青绿为主的作品,由于朱色印泥的衬托,而格外生动,有画龙点睛之妙。据说这种做法以酷爱文画的唐太宗为始,他

---

① 奡,读 ào。纵横排奡,指诗文书画笔力矫健,不受约束。

有自书"贞观"二字的联珠印，嗣后唐代内府所藏的精品就常有"开元""集贤"等等的钤记。元赵孟𫖯是篆刻的大家，开创了文人篆刻的先河，至元代而达到全盛时期。收藏家或鉴赏家在字画名迹上盖个图章原不是什么坏事，不过一幅完美的作品若是被别人在空白处盖上了密密麻麻的大小印章，却是大煞风景。最讨厌的是清朝的皇帝，动辄于御题之外加盖什么"御览之宝"的大章，好像非如此不足以表示其占有欲的满足。最迂阔的是一些藏书印，如"子孙益之守勿失""子孙永以为好""子子孙孙永无鬻"之类，我们只能说其情可悯，其愚不可及。

明清以降，文人雅士篆刻之风大行，流落于市面的所谓闲章常有奇趣，或摘取诗句，或引用典实，或直写胸臆。有时候还可于无意中遇到石质特佳的印章，近似旧坑田黄之类。先君嗜爱金石篆刻，积有印章很多，丧乱中我仅携出数方，除"饱蠹楼藏书印"之外尽属闲章。有一块长方形寿山石，刻诗一联"鹭拳沙岸雪，蝉翼柳塘风"，不知是谁的句子，也不知何人所镌，我觉得对仗工，意境雅，书法是阳文玉筋小篆，尤为佳妙，我就喜欢它，有一角微缺，更增其古朴之趣。还有一块白文"春韭秋菘"，我曾盖在一幅画上，后来这幅画被一外国人收购，要我解释这印章文字的意义，我当时很为难，照字面翻译当然容易，说明典故却费周折。南齐的周颙家清贫，"文惠太子问颙：'菜何味胜？'颙曰：'春初早韭，秋末晚菘。'"春韭秋菘代表的是清贫之士的人品之清高。早韭嫩，晚菘肥，菜蔬之美岂是吃牛排吃汉堡面包的人所能领略？安贫乐道的精神之可贵，更难于用三言两语向惟功利是图的人解释清楚的了。

我还有两颗小图章，一个是"读书乐"，一个是"学古人"。生而知之的人，不必读书。英国复辟时代戏剧作家万布鲁（Vanbrugh）有一部喜剧《旧病复发》(*The Relapse*)，其中的一位花花公子说过一句翻案的名言："读书即是拿别人绞出的脑汁来自娱。我觉得有身份的人应该以自己的思想为乐。"不读他人的书，自己的见解又将安附？恐怕最知道读书乐的人是困而后学的人。学古人，也不是因为他们苦，是因为从古人那里可以看到人性之尊严的写照，恰如波普（Pope）在他的《批评论》所说：

> Learn hence for ancient rules a just esteem:
> To copy nature is to copy them.
> 所以对古人的规律要有一份尊敬，
> 揣摹古人的规律即是揣摹人性。

这两颗小图章给了我很大的启发，教我读书，教我做人。最近一位朋友送我两颗印章，一是仿汉印，龟纽，文曰："东阳太守"，令我想起杜诗所谓"除道晒要章"，太守的要章（佩在身上的腰章）大概就是这个样子了。另一是阳文圆印，文曰："深心托豪素"，这是颜延之的诗，"向秀甘淡薄，深心托豪素"。向秀是晋人，清悟有远识，好老庄之学，与山涛嵇康等善，一代高人。这一颗印，与春韭秋菘有同样淡远的趣味。

一出版家与人诟谇，对方曰："汝何人，一书贾耳！"这位出版家大恚，言于余。我告诉他，可玩味者唯一"耳"字。我并且对他说，辞官一身轻的郑板桥当初有一颗图章"七品官耳"，那个"耳"字非常传神。我建议他不必生气，大可刻一个图章"一书贾耳"。当即自告奋勇，为他写好印文，自以为分朱布白，大致尚可，惟不知他有无郑板桥那样的洒脱，肯镌刻这样的一个图章，我没敢追问。

钱

钱这个东西，不可说，不可说。一说起阿堵物①，就显着俗。其实钱本身是有用的东西，无所谓俗。或形如契刀，或外圆而孔方，样子都不难看。若是带有斑斑绿锈，就更古朴可爱。稍晚的"交子""钞引"以至于近代的纸币，也无不力求精美雅观，何俗之有？钱财的进出取舍之间诚然大有道理，不过贪者自贪，廉者自廉，关键在于人，与钱本身无涉。像和峤那样的爱钱如命，只可说是钱癖，不能斥之曰俗；像石崇那样的挥金似土，只可说是奢汰，不能算得上雅。

---

① 指钱。

俗也好，雅也好，事在人为，钱无雅俗可辨。

有人喜集邮，也有人喜集火柴盒，也有人喜集戏报子，也有人喜集鼻烟壶，也有人喜集砚、集墨、集字画古董，甚至集眼镜、集围裙、集三角裤。各有所好，没有什么道理可讲。但是古今中外几乎人人都喜欢收集的却是通货。钱不嫌多，愈多愈好。庄子曰："钱财不积，则贪者忧。"岂止贪者忧？不贪的人也一样的想积财。

人在小的时候都玩过扑满，这玩意儿历史悠久。《西京杂记》："扑满者，以土为器，以蓄钱，有入窍而无出窍，满则扑之。"北平叫卖小贩，有喊"小盆儿小罐儿"的，担子上就有大大小小的扑满，全是陶土烧成的，"形状不雅，一碰就碎"。虽然里面容不下多少钱，可是孩子们从小就知道储蓄的道理了。外国也有近似扑满的东西，不过通常不是颠扑得碎的，是用钥匙可以打开的，多半作猪形，名之为"猪银行"。不晓得为什么选择猪形，也许是取其大肚能容吧？

我们的平民大部分是穷苦的，靠天吃饭，就怕干旱水涝，所以养成一种饥荒心理："常将有日思无日，莫待无时思有时。"储蓄的美德普遍存在于各阶层。我从前认识一位小学教员，别看她月薪只有区区三十余元，她省吃俭用，省俭到午餐常是一碗清汤挂面洒上几滴香油，二十年下来，她拥有两栋小房（谁忍心说她是不劳而获的资产阶级）。我也知道一位人力车夫，劳其筋骨，为人作马牛，苦熬了半辈子，携带一笔小小的资财，回籍买田娶妻生子做了一个自耕的小地主。这些可敬的人，他们的钱是一文一文积攒起来的。而且他们常是量入为储，每有收入，不拘多寡，先扣一成两成作为储蓄，然后再安排支出。就这样，他们爬上了社会的阶梯。

"人无横财不富，马非夜草不肥。"话虽如此，横财逼人而来，不是人人唾手可得，也不是全然可能泰然接受的。"腰缠十万贯，骑鹤上扬州"，只是一厢情愿的想法，暴发之后，势难持久，君不见：显宦的孙子做了乞丐，巨商的儿子做了龟奴？及身而验的现世报，更是所在多有。钱财这个东西，真是难以捉摸，聚散无常。所以谚云："积财千万，不如薄技在身。"

钱多了就有麻烦，不知放在哪里好。枕头底下没有多少空间，破鞋窠里面也塞不进多少。眼看着财源滚滚，求田问舍怕招物议，多财善贾又怕风波，无可奈何只好送进银行。我在杂志上看到过一段趣谈：

> 印第安人酋长某，平素聚敛不少，有一天有了一大口袋钞票存入银行，定期一年，期满之日他要求全部提出，行员把钞票一叠一叠的堆在柜台上，有如山积。酋长看了一下，徐曰："请再续存一年。"行员惊异，既要续存，何必提出？酋长说："不先提出，我怎么知道我的钱是否安然无恙的保存在这里？"

这当然是笑话，不过我们从前也有金山银山之说，却是千真万确的。我们从前金融执牛耳的大部分是山西人，票庄掌柜的几乎一律是老西儿。据说他们家里就有金山银山。赚了金银运回老家，溶为液体，泼在内室地上，积年累月一勺一勺的泼上去，就成了一座座亮晶晶的金山银山。要用钱的时候凿下一块就行，不虞盗贼光顾。没亲眼见过金山银山的人，至少总见过冥衣铺用纸糊成的金童玉女金山银山吧？从前好像还没有近代恶性通货膨胀的怪事，然而如何维护既得的资财，也已经是颇费心机了。如今有些大户把钱弄到某些外国去，因为那里的银行有政府担保，没有倒闭之虞，而且还为存户保密，真是服务周到极了。

善居积的陶朱公①，人人羡慕，但是看他变姓名游江湖，其心理恐怕有几分像是挟巨资逃往国外作寓公，离乡背井的，多少有一点不自在。所以一个人尽管贪财，不可无厌。无冻馁之忧，有安全之感，能罢手时且罢手，大可不必"人为财死"而后已，陶朱公还算是聪明的。

---

① 指范蠡。

钱，要花出去，才发生作用。穷人手头不裕，为了住顾不得衣，为了衣顾不得食，为了食谈不到娱乐，有时候几个孩子同时需要买新鞋，会把父母急得冒冷汗！贫窭①到这个地步，一个钱也不能妄用，只有牛衣对泣的份。小康之家用钱大有伸缩余地，最高明的是不求生活水准之全面提高，而在几点上稍稍突破，自得其乐。有人爱买书，有人爱买衣裳，有人爱度周末，各随所好。把钱集中用在一点上，便可比较容易适度满足自己的欲望。至于豪富之家，挥金如土，未必是福，穷奢极欲，乐极生悲，如果我们举例说明，则近似幸灾乐祸，不提也罢。纪元前五世纪雅典的泰蒙，享尽了人间的荣华富贵，也吃尽了世态炎凉的苦头，他最了解金钱的性质，他认识了金钱的本来面目，钱是人类的公娼！与其像泰蒙那样疯狂而死，不如早些疏散资财，做些有益之事，清清白白，赤裸裸来去无牵挂。

---

① 窭，读jù，贫穷。

勤

勤，劳也。无论劳心劳力，竭尽所能黾勉从事，就叫做勤。各行各业，凡是勤奋不怠者必定有所成就，出人头地。即使是出家和尚，息迹岩穴，徜徉于山水之间，勘破红尘，与世无争，他们也自有一番精进的功夫要做，于读经礼拜之外还要勤行善法不自放逸。且举两个实例：

一个是唐朝开元间的百丈怀海禅师，亲近马祖时得传心印，精勤不休。他制定了"百丈清规"，他自己笃实奉行，"一日不作，一日不食"，一面修行，一面劳作。"出坡"的时候，他躬先领导以为表率。他到了暮年仍然照常操作，弟子们于心不忍，偷偷的把他的农作工具藏匿起来。禅师找不到工具，那一天没有工作，但是那一天他也就真个的没有吃东西。他的刻苦的精神感动了不少的人。

另一个是清初的以山水画著名的石谿和尚。请看他自题《溪山无尽图》：

> 大凡天地生人，宜清勤自持，不可懒惰。若当得个懒字，便是懒汉，终无用处。……残衲住牛首山房，朝夕焚诵，稍余一刻，必登山选胜，一有所得，随笔作山水数幅或字一段，总之不放闲过。所谓静生动，动必作出一番事业。端教一个人立于天地间无愧。若忽忽不知，懒而不觉，何异草木？

人而不勤，无异草木，这句话沉痛极了。过饱食终日无所用心的生活，英文叫做 vegetate，义为过植物的生活。中外的想法不谋而合。

勤的反面是懒。早晨躺在床上睡懒觉，起得床来仍是懒洋洋的不事整洁，能拖到明天做的事今天不做，能推给别人做的事自己不做，不懂的事情不想懂，不会做的事不想学，无意把事情做得更好，无意把成果扩展得更多，耽好逸乐，四体不勤，念念不忘的是如何过周末如何度假期。这是一个标准懒汉的写照。

恶劳好逸，人之常情。就因为这就是人之常情，人才需要鞭策自己。勤能补拙，勤能损欲，这还是消极的说法，勤的积极意义是要人进德修业，不但不同于草木，也有异于禽兽，成为名副其实的万物之灵。

包 装

佛要金装，人要衣装，货要包装。

我们的国货，在包装方面，常走极端：不是非常的考究精美，便是非常的简陋粗糙。

以文具来说，从前文人日常使用的墨，包装常很出色。除了论斤发售的普通墨之外，稍为好一点的墨或用漆盒，上题金字，或用锦匣，内有层层夹盖，下有铺棉绫垫，真像是"革匮十重，缇巾什袭"的样子，其中固然有些是贡品，但有些也只属于平民馈赠的性质。至于名人字画之类，更是黄绢密裹，置于楠檀的匣柜之中，望之俨然。上选的印泥，所谓十珍印色，也无不有个小小的蓝花白瓷盒，往往再加上一个书函形的小锦盒，十分的乖巧。这些属于文人雅士，难怪包装也自脱俗。从前日常生活所需的货品，不足以语此。

从前包花生米，照例是用报纸；买油条，也照例是用一块纸一裹；甚至买块豆腐，湿漉漉软趴趴的，也是用块报纸一托。废报纸的用处实在太广。记得在北平刑部街月盛斋，我看见一位雍容华贵的中年妇人进去买酱羊肉一大方，新出锅的，滴沥搭拉的，伙计用报纸一包了事，顾客请他多用两张报纸包裹，伙计怫然不悦。顾客说愿付钱买他两张报纸，伙计说："我们不卖报纸"，结果不欢而散。酱羊肉就是再好，在包装方面这样的不负责，恐怕也要令人裹足不前了。有一种红豆纸，也许比报纸略胜一筹，虽然是暗暗的血红色，摸上去疙瘩噜苏的。这种红豆纸，包盒子菜，卷作圆锥形，也包炸三角肉火烧。再就是草纸，名副其实的草纸，因为有时候上面还沾着好几朵蒲公英的花絮。这种草纸用处可大了，炒栗子、白糖、杂拌儿、鸡鸭蛋，凡是干果子铺杂货店发售的东西，什九都是用草纸包裹。包东西的草纸，用过之后还有用，比厕筹①好得多。除了草纸以外，菜叶子也派用场。刚出笼的包子，现宰的猪牛肉，都是用叶子或是什么芋头叶之类的东西包裹。菱角鸡头米什么的当然用荷叶了。

满汉细点，若是买上三五斤的大八件小八件之类送人，他们会给你装一个小木匣，薄木片勉强逗榫②，上面有个抽拉而不顺溜的盖子，涂上一层红颜色，但是遮不住没有刨光的木头碴，那样子颇像"狗碰头"似的一具薄棺，状既不雅，捧起来沉甸甸。可是少买一点，打一个蒲包，情形就不同了。蒲包实在很巧妙，朴素但是不俗，早已被淘汰，可是我还很怀念它。蒲是一种水草。《诗经》"其簌维何，维笋及蒲"，蒲叶用途多端，如蒲衣、蒲轮、蒲团、蒲鞭。蒲包，则是以蒲叶编织成疏疏的圆形网状，晒干压平待用。用时，

---

① 厕筹，指大便后用来拭秽的木条或竹条。
② 逗榫，读 dòusǔn，指合缝，对齐。

在蒲网上铺一大张草纸，再敷一长绵纸，把点心摆在上面，然后像信封似的把蒲网连同草纸四角折起，用麻茎一捆，上面盖上一张红门票，既不压分量，样子也好看，连打糖锣儿的小儿玩物里，都有装小炸食的迷你蒲包儿。不知道现在大家为什么不再用蒲包了。

茶叶是我们内销外销的大宗货，可是包裹实在太差劲了。首先，内销的货不需要写上外国文字，外销的货不可以随便乱写洋泾浜的英文。早先的茶叶罐大部分使用的铅铁筒，并不严丝合缝；有时候又过于严丝合缝，若不是"两膀我有千钧力"还很不容易扭旋开。罐上通常印上一段广告，最后一句照例是："请尝试之方知余言不谬也。"一般而论，如今的茶叶罐的外表比从前好，但亦好不了多少，不论内销外销几乎一律加上英文字样，而且那英文不时的令人啼笑皆非。有人干脆大书 Best Tea 二字，在品尝之后只能说他是大言不惭。至于色彩，则我们最擅长的大红大绿五颜六色一齐堆了上去，管他调和不调和，刺不刺目，先来个热闹再说。有时候无端的画上一个额大如斗的南极老人,再不就是福禄寿三仙、刘海耍金钱。如果肯画上什么花开富贵、三羊开泰,那就算是近于艺术了。

日本人很善于包装,无论食品用品在包装方面常能给人以清新之感,色彩图案往往是极为淡雅,虽然他们的军人穷凶极恶,兽性十足;虽然他们的文官窜改史实,恬不知耻,他们在日常生活用品上所投下的艺术趣味之令人赞赏是无可争辩的。日本并不以产茶名,但是他们的茶叶包装精巧美观。他们做的点心饼干之类并不味美,但是包装考究。他们一切物品的包装纸,都是经过精心设计的。该诅咒的我们诅咒,该赞赏的我们不能不赞赏。

有一位青年才俊海外归来讲学,我问他专攻的是哪一门学问,他说他专门研究的是香蕉的包装——如何使香蕉在运输中不至于腐烂得太快。我问他有何妙法,他说放弃传统的竹篓,改用特制的纸箱。他说得有理,确是一大改进,高明高明。

头 发

周口店的北京人，据考古学家所描绘，无分男女，都是长发鬅松①，披到肩上，看上去也没有什么不好看，想来头毛太长的时候可能动作不大方便而已。不知道过了多少年，人才懂得把过长的头发挽起来，做个结，插一根簪，扣上一顶方巾，或是梳成一个髻。于是只有夷狄之人才披发左衽，只有佯狂的人才披发为奴，只有愤世的人才披发行吟，只有隐遁的人才披发入山。文明社会里一般正常的人好像都不披散着头发。

按照身体肤发受之父母不敢毁伤的说法，头发是

---

① 鬅，读 péng。鬅松，头发松散的样子。

不可以剪断的。夷狄之人固然是披发文身，可是《左传·哀十一》谓："吴发短。"《穀梁传·哀十三》谓："吴，夷狄之国也，祝发文身。"祝发就是断发使短。自文明人观之，头发长了披散着固然不是，断发使短也不是，都不合乎标准。可见发式自古就是一件麻烦事，容易令人看着不顺眼。

把头发完全剃光，像秃鹫一般，在古时是一种刑法。《汉旧仪》："秦制，凡有罪，男髡钳为城旦。"意为男子犯罪，就剃光头，颈上束一道圈，罚做奴工。髡是罪刑，所以《易林》说："刺、刖、髡、劓，人所贱弃。"自隋唐以后就没有这种刑法了，可是听"红卫兵"对于所谓"成分"不佳的无辜之人也曾强行游街示众，并勒令剃"鸳鸯头"，即剃掉头发的一半，怪模怪样，当然比全剃光更丑。

头发整理得美观，给人良好的印象。《诗·齐风·卢令》："其人美且鬈。"鬈，发好貌。但是不一定指头发弯弯曲曲作波浪形，而且也不一定专指头发，可能是美观的头发代表一般的美观的形相而已。妇女的发髻花样百出,自古已然。《汉书·马廖传》:"城中好高髻,四方高一尺。"我们可以想象一尺的高髻,那巍峨的样子也许不下于满清旗妇的"两把头"。《汉武帝内传》:"上元夫人头作三角髻,余发散垂至腰。"上元夫人乃是一位女仙,曾与西王母数度共宴,统领十方玉女,她的发式恐怕不是人间所有。头顶三角髻,垂发及腰,那样子岂不要吓煞人!曹植《洛神赋》形容他心目中的美人说:"云髻峨峨,修眉联娟",云髻是把头发卷起盘旋如云,高高的堆在头顶上。杜工部想念他的夫人也说:"香雾云鬟湿",云鬟就是云髻。刘禹锡句"高髻云鬟宫样妆",杨万里句"宫样高梳西子鬟",云鬟本是贵妇的发式,但是也流行在民间了。到了后来,发髻好像是不再堆在头顶上,而是围成一个圆巴巴贴在后脑勺上。晚清的什么"苏州撅""喜鹊尾""搭拉酥",都是中下级流行的脑后发式。头梳得不好,常被讥为"牛屎堆"。

满洲人剃头，不是剃光头，而是周围剃光，留着头顶上的长发织成长辫子垂在背后，形成外国人所取笑的猪尾巴。满人入关强令汉人剃发，于是才有"有头皆可剃，无剃不成头，世间剃头者，人亦剃其头"谜样的谚语发生。北平的剃头挑子，挑子上有个旗杆似的东西，谁都知道那原来是为挂人头的！拒绝剃发就要人头挂高竿！太平天国的群众之所以成了"长发贼"是一种反抗。辛亥前后之剪辫子的风尚也是一种反抗。可是辫子留了好几百年，还有人舍不得剪，还有人在剪的时候流了泪呢。

僧尼落发是出家的标识。《大智度论》："剃头着染衣，持钵乞食，此是破憍慢法。"为破憍慢而至于剃光头（胡须也在内），也可说是表示大决心，与外道有别，与世人无争，斩断三千烦恼丝，以求内心清净。不是出家的人，也有剃光头的，不拘大人孩子，都剃成一个葫芦头，据说"不长虱子不长疮"。戏剧演员也偶有剃光头的，有人说是有"性感"，真不知从何说起。

晚近因为头发而引人议论的约有二事，一是中学生女生之被勒令剪短头发，一是成年男子之流行蓄留长发。

从前女生的发式没有问题。我记得很多女生喜欢梳两条小辫子分垂左右，从小学起一直维持到进大学之后。好像进了中学之后大部分就把两条辫子盘成两个圆巴巴贴在脑后勺，有的且在额前遮着刘海，以增妩媚。等到进了大学，保守者脑袋后面挽个紒①，时髦者剪短烫鬈。说老实话，如今之"清汤挂面"式的头发实在很丑，我想大概是脱胎于当年女子剪发后流行一时的所谓"鸭屁股式"（boyish bob）。大概是某些人偏爱这种发式，一朝权在手，便通令女生头发不准长过耳根。也许是肇因于对"统一"的热狂，想把芸芸学子都造成一个模式，整齐划一，于是从发式上着手，一眼望过去，每个女生顶着一把清汤挂面，

---

① 紒，读 jiū，同纠。

脖梗子露出一块青青的西瓜皮。这种管制能收实效多久，只看女生一出中学校门立即烫发这一件事便可知晓了。

成年男子蓄长发，有时还到女子美容院去烫发，这是国外传布的一阵歪风，许是由英国的"披头士"或美国的"嬉痞"闹起来的，几乎风靡了全世界。这种发式使得男女莫辨，有时令人很窘。我最初在美国看到中国餐馆侍者一个个的长发及领，随后又看到我们的领事先生也打扮成那个模样。一霎间国内青年十之八九都变成长发贼了。令人难解的是一身渍泥儿的各行各业的工人也蓄起长发了。尤其是所谓不良少年和作奸犯科的道上人物也几乎没有一个不是长毛儿。我看见一位青年从女子美容院出来，头发烫成了强力爆炸型，若说是首如飞蓬，还不足以形容其伟大，幸亏是在光天化日之下出现，否则会吓煞人。

制 服

　　学生要穿制服，就是到了大学阶段在军训的时间仍然要穿制服。我记得在若干年前，有一个学生在军训时间不肯穿制服，穿着一条破西装裤一件敞着领口的白衬衫就挤进队伍里去。教官点名，一眼就看出他来，严词申斥，他报以微笑，作不屑状。教官无可奈何，警告了事。下一次军训时间他依然故我，吊儿郎当，教官大怒，乃发生口角。事闻于当局，拟予开除处分。我主从宽，力保予劝诱使之就范。于是我约他到家谈话，坦告所以。

　　这位青年眉毛一耸，冷冷一笑，说："我以为梁先生是自由主义者，怎么，梁先生你也赞成穿制服么？"

我说："稍安勿躁，听我解释。我并不赞成我们学校的学生平时穿制服，可是军训有模拟军队的意味，你看古今中外哪一国的军队（除了便衣队或游击队）不穿制服？军队穿制服，自有其一番道理。所以军训时穿制服，也自有其一番道理。学校既然有此规定，而你不守规则，这便成了纪律问题。在任何一个团体里不守纪律是要处罚的。为今之计，你有两条路好走。一是服从规定，恪守纪律，此后军训穿起制服。一是坚持你的个人自由，宁愿接受纪律制裁。如果你选后者，大可自动退学，不过听候除名亦无不可。"

他的意思好像有一点活动，他说："你劝我走哪一条路呢？"

我说："此事要由你自己决定。如果你肯委屈自己一下，问题就解决了。天下本来没有绝对的自由。为了纪律，牺牲一点自由，也是常有的事。如果你太重视自己的主张，甘愿接受后果也不肯让步，我对你这份为了原则而不放弃立场的道德勇气，我也是很能欣赏的。"

他在沉思。我乘机又说了一个故事。英国哲学家罗素在第一次世界大战时，因为公然放言反对战争，被捕下狱，并科罚款。罗素一声不响的付了罚款，走进监狱，毫无怨言。他要说的话，他说了；他该受的惩罚，他受了。言论自由没有受到损伤，国家的法律也没有遭到破坏。这就是民主政治之可贵的一面。一个有道德勇气的人是可钦佩的，但是他也要有尊重法律的风度。

他默默的站起来告辞而去，看那样子有一点悻悻然。

下次军训时间，他穿上了制服，虽然帽子歪戴着，领扣未结。教官注视了他一眼，他立刻发言道："不要误会，我不是遵从你的命令，我是听了梁先生的劝告！"

好倔强的一个孩子！

职　业

职业，原指有官职的人所掌管的业务，引申为一切正当合法的谋生糊口的行当。一百二十行，乃至三百六十行，都可视为职业。纡青拖紫，服冕乘轩，固然是乐不可量的职业；引车卖浆，贩夫走卒之辈，也各有其职业。都是啖饭，惟其饭之精粗美恶不同耳。

宋沈括《梦溪笔谈》："林君复多所乐，惟不能着棋，尝言：'吾于世间事，惟不能担粪着棋耳！'"着棋与担粪并举，盖极形容二者皆为鄙事，表示不屑之意。在如今看来，担粪是农家子不可免的劳动，阵阵的木樨香固然有得消受，但是比起某一些蝇营狗苟的宦场中人之蛇行匐伏,看上司的嘴脸,其龌龊难当之状为何如?至于弈棋,虽曰小道,亦有可观,比饱食终日言不及义要好一些,且早已成为文人雅士的消遣,或称坐隐,或谓手谈。今则有职业棋士,犹拳击之有职业拳手。着棋也是职业。

我的职业是教书,说得文雅一点是坐拥皋比①,说得难听一些是吃粉笔末。其实哪有皋比可坐,课室里坐的是冷板凳。前几年我的一位学生自澳洲来,贻我袋鼠皮一张,旋又有绵羊皮一张,在寒冷时铺在我房里的一把小小的破转椅上,这才隐隐然似有坐拥皋比之感。粉笔末我吃得不多,只因我懒,不大写黑板。教书好歹是个职业,至于在别人眼里这是什么样的一种职业,我也管不了许多。通常一般人说教书是清高的职业,我听了就觉得惭愧。"清"应该作"清寒"解,有一阵子所谓清寒教授在逢年过节的时候可以轮流领到小小一笔钱,是奖励还是慰问,我记不得了,

---

① 皋比,指虎皮座席。坐拥皋比,指任教教书。

我也叨领过一两次，具领之际觉得有一丝寒意，清寒的寒。至于"高"，更不知从何说起了，除非是指那座高高的讲台。

有些心直口快的人对于教书的职业作较彻底的评估。记得我在抗战胜利后返回家乡，遇到一位拐弯抹角的亲戚，初次谋面不免寒暄几句，他问我"在什么地方得意"，我据实以告，在某某学校教书，他登时脸色一变，随口吐出一句真言："啊，吃不饱，饿不死。"这似是实情，但也是夸张。以我所知，一般教授固然不能像东方朔所说"侏儒饱欲死"，也不见得都像杜工部所形容的"甲第纷纷厌梁肉，广文先生饭不足"，饭还是吃饱了的，没听说有谁饿死，顶多是脸上略有菜色而已。然而我听了这样率直的形容，好像是在人面前顿时矮了一截。在这"吃不饱饿不死"状态之下，居然延年益寿，拖了几十年，直到"强迫退休"之后又若干年的今天。说不定这正是拜食无求饱之赐。

有一回应邀参加一次宴会，举座几乎尽是权门显要，已经有"衣敝缊袍与衣狐貉者立"的感觉，万没想到其中有一位却是学优而仕平步青云的旧相识，他好像是忘了他和我一样在同一学校曾经执教，几杯黄汤下肚之后，他再也按捺不住，歪头苦笑睨我而言曰："你不过是一个教书匠，胡为厕身我辈间？"此言一出，一座尽惊。主人过意不去，对我微语："此公酒后，出言无状。"其实酒后吐真言，"教书匠"一语夙所习闻，只是尊俎间很少以此直呼。按教书而能成匠，亦非易事。必须对其所学了如指掌，然后才能运用匠心教人以规矩，否则直是庋家，焉能问世？我不认为教书匠是轻蔑语。

如今在学校教书，和从前不同，像马融"坐高堂，施绛纱帐，前授生徒，后列女乐"那样的排场，固然不敢想象，就是晚近三家村的塾师动不动拿起烟袋锅子敲脑壳的威风亦不复见。我小时候给老师送束脩，用大红封套，双手奉上，还要深深一揖。如今老师领薪，要自己到出纳室去，像工厂发工资一样。教师是佣工的性质。听说有些教师批改作文卷子不胜其烦，把批改的工作发包出去，大包发小包，居然有行有市。

尊师重道是一个理想，大概每年都有人口头上说一次。大学教授之"资深优良"者有奖，照章需要自行填表申请。我自审不合格，故不欲填表，但是有一年学校主事者认为此事与学校颜面有关，未征同意就代为申请了，列为是三十年资深优良教师之一。经层峰核可，颁发奖金匾额。我心里悬想，匾额之颁发或有相当仪式，也许像病家给医师挂匾，一路上吹吹打打，甚至放几声鞭炮，门口围上一些看热闹的人。我想错了。一切从简。门铃响处，一位工友满头大汗，手提一个相当大的镜框（比理发店墙上挂的大得多），问明主人姓氏，像是已经验明正身，把手中的镜框丢在地上，扬长而去。镜框里是四个大字（记不得是什么字了），有上款下款，朱印烂然。我叹息一声，把它放在我认为应该放置的地方。

教书这种职业有其可恋的地方。上课的时间少,空余的闲暇多,应付人事的麻烦少,读书进修的机会多。俗语说:"讨饭三年,给知县都不做。"实在是懒散惯了,受不得拘束。教书也是如此,所以我滥竽上庠,一蹭就是几十年,直到有一天听说法令公布,六十五岁强迫退休。退休是好事,求之不得,何必强迫?我立刻办理手续,当时真有朋友涕泣以告:"此事万万使不得,赶快申请延期,因为一旦退休,生活顿失常态,无法消遣,不知所措。可能闷出病来,加速你的老化。"我没听。今已退休二十年,仍觉时间不够用,一天只有二十四小时。

退休给我带来一点小小的困扰。有一年要换新的身份证。我在申请表格职业栏里除原有的"某校教授"字样下面加添一个括弧,内书"退休"二字。办事的老爷大概是认为不妥。新身份证发下,职业一栏干脆是一个"无"字。又过几年,再换身份证,办事的老爷也许也发觉不妥,在"无"字下又添了一个括弧,内书"退休"。其实职业一栏填个"无"字并不算错。本来以教书为业,既已退休,而且是当真退休,不是从甲校退休改在乙校授课,当然也就等于是无业,也可说是长期失业。只是"无业"二字,易与"游民"二字连在一起,似觉脸上无光。可是回心一想,也就释然。《大戴礼记·曾子立事第四十九》:"其少不讽诵,其壮不论议,其老不教诲,亦可谓无业之人矣。"这是道道地地的一个"无业之人"。

书 法

《颜氏家训》第十九：

真草书迹，微须留意。江南谚云："尺牍书疏，千里面目也。"承晋宋余俗，相与事之，故无顿狼狈者。吾幼承门业，加性爱重，所见法书亦多，而玩习功夫颇至，遂不能佳者，良由无分故也。然而此艺不须过精。夫巧者劳而智者忧，常为人所役使，更觉为累。韦仲将遗戒，深有以也。

这一段话很有意思。颜之推教子弟留意书法，但无须过精，这就和他教子弟做官但不可做大官的意思一样，要合乎中庸之道，真不愧为"儒雅为业"的口吻。他说此艺不可过精，理由是怕为人役，他举了韦仲将的往事为戒。韦诞，字仲将，三国魏京人，工文善书，明帝时官侍中，凌云殿成，匠人一时糊涂，榜未题字就挂上去了，乃命诞上去补写。用辘轳引他上去，写完之后须发皆白。大概此人患有"高空恐怖症"，否则不至吓成那个样子。可谓艺高而胆不大。然人为书名所累，其事亦大可哀。

这样尴尬的事，现在不会再有。世人重名，不大懂得书的工拙。而有一些自以为能书者，不知藏拙，遇有机会题耑书匾写市招，辄欣然应命。常在市肆间见擘窠大字，映入眼底，俨然名人墨迹，实则抛筋露骨，拘挛歪斜，如死蛇僵蚓，或是虚泡囊肿，近似墨猪，名副其实的献丑。

或谓毛笔式微，善书者将要绝迹。我不这样悲观。书法本来不是尽人能精的。自古以来，琴棋书画雅人深致，但是卓然成家者能有几人？而且善棋者未必都能琴，善画者未必皆精于书，艺有专长，难于兼擅。当今四五十岁一代，书法佳妙者亦尚颇有几位，或"驰驱笔阵"，"其腕似铁"，或大笔如椽，龙舞蛇飞。我都非常喜爱，雅不欲厚古薄今。精于书法者，半由功力，半由天分，不能强致。读书种子不绝，书法即不会中断。此事不能期望于大众，只能由少数天才维持于不坠。我幼时上学，提墨盒，捧砚台，描红模子，写九宫格，临碑帖，写白折子，颇吃了一阵苦头，但是不久，不知怎样的毛笔墨盒砚台都不见了，代之而兴的是墨水钢笔原子笔。本来写书信写稿子都是用毛笔的，一下子改用了钢笔原子笔。在我个人，现在用毛笔写字好像是介乎痛苦与快乐之间的一种活动。偶然拿起毛笔，顿时觉得往事如烟，似曾相识。而摇动笔杆，有如千钧之重，挥毫落纸，全然不听使唤，其笨拙不在"狗熊耍扁担"之下。在故宫博物院，看到名家书法，例如王羲之父子的真迹，如行云流水一般的萧散,"纤纤乎似初月之出天崖,落落乎犹众星之列河汉",我痴痴的看,呆呆的看,我爱,我恨,我怨,爱古人书法之高妙,恨自己之不成材,怨上天对一般人赋予之吝啬。

虽然书法不是人尽能精,也不一定要人人都能用毛笔,最低限度传统写字的方法是应该尊重的。仓颉造字,我们却不能随便的以仓颉自居。简体字自古有之,不自今日始,但是简也有简的道理,而且是约定俗成,不是可以任意乱来的。草书有用,并且很美,但是也有一定的草法,章草、狂草都有一定的结构格局。于右任先生提倡的标准草书可谓集大成。书法常能表现一个人的性格风度,郑板桥的字怪,因为他人怪,我们欣赏他的字而不嫌其怪。他的诗、书、画融为一体,三绝其实只是一绝。蒋心馀论板桥的几句诗:"板桥作字如写兰,波磔奇古形翩翩。板桥写兰如作字,秀叶疏花见奇致。"他写竹也是如同作书。有板桥那样的情怀才能有那样的书画。有人看他写的"难得糊涂"四个大字便刻意模仿,居然把他的怪处模拟得有几分像是真的,这不仅是如东施之效颦,简直是如孙寿的龋齿笑,徒形其丑。孙过庭《书谱》说:"初学分布,但求平正,既知平正,务追险绝,既能险绝,复归平正。"书家练过险绝的阶段还是归于平正的。初学的人求其分布平正,已经不易,不必一下手便出怪。我看见有些年轻人写字时常不守规矩,例如把"口"字一律写成为"厶"字,甚至"田"字"国"字也不例外,一律写成为尖头怪胎。颜之推所说"尺牍书疏,千里面目",像这样的面目直是面目可憎。

厨 房

从前有教养的人家子弟，永远不走进下房或是厨房，下房是仆人起居之地，厨房是庖人治理膳馐之所，湫隘卑污，故不宜厕身其间。厨房多半是在什么小跨院里，或是什么不显眼的角落（旮旯儿），而且常常是邻近溷厕。孟子有"君子远庖厨"之说，也是基于"眼不见为净"的道理。在没有屠宰场的时候，杀牛宰羊均须在厨中举行，否则远庖厨做甚？尽管席上的重珍兼味美不胜收，而那调和鼎鼐的厨房却是龌龊脏乱，见不得人。试想，煎炒烹炸，油烟弥蒙而无法宣泄，烟熏火燎，煤渣炭屑经常的月累日积，再加上老鼠横行，蚊蝇乱舞，蚂蚁蟑螂之无孔不入，厨房焉得不脏？当然厨房也有干净的，想郇公厨①香味错杂，一定不会令人望而却步，不过我们的传统厨房多少年来留下的形象，大家心里有数。

埃及废王法鲁克，当年在位时，曾经游历美国，看到美国的物质文明，光怪陆离，目不暇给，对于美国家庭的厨房之种种设备，尤其欢喜赞叹。临归去时，他便订购了最豪华的厨房设备全套，运回国去。他的眼光是很可佩服的，他选购的确是美国文化菁萃的一部分。虽然那一套设备运回去之后，曾否利用，是否适用，因为没有情报追踪，我们不得而知，但是我们知道埃王陛下一顿早点要吃二十个油煎荷包蛋，想来御膳的规模必不在小，美国式家庭厨房的设备是否能胜负荷，就很难说了。

美式厨房是以主妇为中心而设计的。所占空间不

---

① 郇公厨，指膳食精美的人家。唐代韦陟，袭封郇国公，厨中多美味佳肴。

大,刚好容主持中馈的人站在中间有回旋的余地。炉灶用电,不冒烟,无气味,下面的空箱放置大大小小煮锅和平底煎锅,俯拾即是。抬头有电烤箱或是微波烤箱,烤鸡烤鸭烤盆菜,烘糕烘点烘面包,自动控制,不虞烧焦。左手有沿墙一般长的料理台,上下都是储柜抽屉,用以收藏盘碗餐具,墙上有电插头,供电锅、烤面包器、绞肉机、打蛋器之类使用。台面不怕刀切不怕烫。右边是电冰箱,一个不够可以有两个。转过身来是洗涤槽,洗菜洗锅洗碗,渣渣末末的东西(除了金属之外)全都顺着冷热水往下冲,开动电钮就可以听见呼卢呼卢的响,底下一具绞碎机(disposal)发动了,把一刀的渣滓弃物绞成了碎泥冲进下水道里,下水道因此无阻塞之虞。左手有个洗碗机,冲干净了的碟碗插列其间,装上肥皂粉,关上机门开动电钮,盘碗便自动洗净而且吹干。在厨做饭的人真是有左右逢源进退自如之感。

美式厨房也非尽善尽美,至少寓居美国而坚持不忘唐餐的人就觉得不大方便。唐餐讲究炒菜，这个"炒"字是美国人所不能领略的。炒菜要用锅，尖底的铁锅（英文为 wok 大概是粤语译音），西式平底锅只宜烙饼煎蛋，要想吃葱爆牛肉片榨菜炒肉丝什么的，非尖底锅不办，否则翻翻搅搅掂掂那几下子无从施展。而尖底锅放在平平的炉灶上，摇摇晃晃，又非有类似"支锅碗"的东西不可，炒菜有时需要旺油大火，不如此炒出来的东西不嫩。过去有些中国餐馆大师傅，嫌火不够大，不惜舀起大勺猪油往灶口里倒，使得火苗骤旺，电灶火力较差，中国人用电灶容易把电盘烧坏，也就是因为烧得太旺太久之故。火大油旺，则油烟必多。灶上的抽烟机所发作用有限，一顿饭做下来，满屋子是油烟，寝室客厅都不能免。还有外国式的厨房不备蒸笼，所谓双层锅，具体而微，可以蒸一碗蛋羹而已。若想做小笼包，非从国内购运柳木制的蒸笼不可，一层屉不够要两三层，摆在电灶上格格不入。铝制的蒸锅，有干净相，但是不对劲。

人在国外而顿顿唐餐，则其厨房必定走样。我有一位朋友，高尚士也，旅居美国多年，贤伉俪均善烹调，热爱我们的固有文化，蒸、炒、烹、煎，无一不佳。我曾叨扰郁厨，坐在客厅里，但见厨房门楣之上悬一木牌写着两行文字，初以为是什么格言之类，趋前视之，则是一句英文，曰："我们保留把我们自己的厨房弄得乱七八糟的权利。"当然这是给洋人看的。我推门而入，所谓乱七八糟是谦词，只是东西多些，大小铁锅蒸笼，油钵醋瓶，各式各样的佐料器皿，纷然杂陈，随时待用。做中国菜就不能不有做中国菜的架势。现代化的中国厨房应该是怎个样子，尚有待专家设计。

我国自古以来，主中馈的是女人，虽然解牛的庖丁一定是男人。《易·家人》："无攸遂，在中馈，贞吉。"疏曰："妇人之道，巽顺为常，无所必遂，其所职主在于家中馈食供祭而已。"所以新妇三日便要入厨洗手作羹汤，多半是在那黑黝黝又脏又乱的厨房里打转一直到老。我知道一位缠足的妇人，在灶台前面一站就是几个钟头，数十年如一日，到了老年两足几告报废，寸步难移。谁说的男子可以不入厨房？假如他有时间、有体力、有健康的观念，应该没有阻止他进入厨房的理由。有一次我在厨房擀饺子皮，系着围裙，满手的面粉，一头大汗，这时候有客来访，看见我的这副样子大为吃惊，他说："我是从来不进厨房的，那是女人去的地方。"我听了报以微笑。不过他说的话不是没有事实根据，绝大多数的女人是被禁锢在厨房里，而男人不与焉。今天之某些职业妇女常得意忘形的讽主持中馈的人为"在厨房上班"。其实在厨房上班亦非可耻之事，我们的母亲祖母曾祖母有几个不在厨房上班？在妇女运动如火如荼的美国，妇女依然不能完全从厨房里"解放"出来。记得某处妇女游行，有人高举木牌，上面写着："停止烧饭，饿死那些老鼠！"老鼠饿不死的，真饿急了他会乖乖的自己去烧饭。

废 话

　　常有客过访，我打开门，他第一句话便是："您没有出门？"我当然没有出门，如果出门，现在如何能为你启门？那岂非是活见鬼？他说这句话也不是表讶异。人在家中乃寻常事，何惊诧之有？如果他预料我不在家才来造访，则事必有因，发现我竟在家，更应该不露声色，我想他说这句话，只是脱口而出，没有经过大脑，犹如两人见面不免说说一句"今天天气……"之类的话，聊胜于两个人都绷着脸一声不吭而已。没有多少意义的话就是废话。

　　人不能不说话，不过废话可以少说一点。十一世纪时罗马天主教会在法国有一派僧侣，专主苦修冥想，是圣·伯鲁诺所创立，名为 Carthusians，盖因地而得名，他的基本修行方法是不说话，一年到头的不说话。每年只有到了将近年终的时候，特准交谈一段时间，结束的时刻一到，尽管一句话尚未说完，大家立刻闭起嘴巴。明年开禁的时候，两人谈话的第一句往往是"我们上次谈到……"，一年说一次话，其间准备的时光不少，废话一定不多。

梁武帝时，达摩大师在嵩山少林寺，终日面壁，九年之久，当然也不会随便开口说话，这种苦修的功夫实在难能可贵。明莲池大师《竹窗随笔》有云："世间醰醷醅醴，藏之弥久而弥美者，皆繇封锢牢密不泄气故。古人云：'二十年不开口说话，向后佛也奈何你不得。'旨哉言乎！"一说话就怕要泄气，可是这一口气憋二十年不泄，真也不易。监狱里的重犯，常被判处独居一室，使无说话机会，是一种惩罚。畜牲没有语言文字，但是也会发出不同的鸣声表示不同的情意。人而不让他说话,到了寂寞难堪的时候真想自言自语,甚至说几句废话也是好的。

可是有说话自由的时候,还是少说废话为宜。"群居终日,言不及义,难矣哉!"那便是废话太多的意思。现代的人好像喜欢开会,一开会就不免有人"致词",而致词者常常是长篇大论,直说得口燥舌干,也不管听者是否恹恹欲睡欠伸连连。《孔子家语》:"庙堂右阶之前,有金人焉,三缄其口,而铭其背曰:'古之慎言人也。'"能慎言,当然于慎言之外不会多说废话。三缄其口只是象征,若是真的三缄其口,怎么吃饭?

串门子闲聊天,已不是现代社会所允许的事,因为大家都忙,实在无暇闲磕牙。不过也有在闲聊的场合而还侈谈本行的正经事者,这种人也讨厌。最可怕的是不经预先约定而闯上门来的长舌妇或长舌男,他们可以把人家的私事当作座谈的资料。某人资产若干,月入多少,某人芳龄几何,美容几次,某人帷薄不修,某人似有外遇……说得津津有味,实则有伤口业的废话而已。

行文也最忌废话。《朱子语类》里有两段文字:

> 欧公文,亦多是修改到妙处。顷有人买得他醉翁亭稿。初说滁州四面有山,凡数十字,末后改定,只曰:"环滁皆山也"五字而已。如寻常不经思虑,信意所作言语,亦有绝不成文理者,不知如何。

> 南丰过荆襄,后山携所作以谒之。南丰一见爱之,因留款语。适欲作一文字,事多,因托后山为之,且授以意。后山文思亦涩,穷日之力方成,仅数百言,明日以呈南丰。南丰云:"大略也好,只是冗字多,不知可为略删动否?"后山因请改窜。但见南丰就坐,取笔抹数处,每抹处连一两行,便以授后山,凡削去一二百字。后山

读之，则其意尤完，因叹服，遂以为法，所以后山文字简洁如此。

前一段说的是欧阳修的《醉翁亭记》。开端第一句"环滁皆山也"，不说废话，开门见山，是从数十字中删汰而来。后一段记的是陈后山为文数百言，由曾巩削去一二百个冗字，而文意更为完整无瑕。凡为文者皆须知道文字须要锻炼，简言之，就是少说废话。

求 雨

一九八三年九月二十五日报纸，桃园县"新屋观音两乡农民跪行祈雨六个小时"。仪式很隆重。上午八点不到，穿麻衣的两乡乡长、水利站长、村长代表等十余人，以及一千余名农友，齐集观音乡保生村溥济宫前，向保生大帝表明求祝的意旨后，转往茄冬溪进行"赤手摸鱼"。如摸得鲫鱼则求雨得雨，如摸得虾则求雨无雨，神亦莫能助。摸了二十分钟果然得鲫。众大欢喜。于是一路跪拜返回溥济宫，宣读求雨的祷告文。随后就"出祈"，一路跪拜，沿公路到新屋乡的北湖村，三步一拜，五步一跪，到北湖村后折返，一路大喊"求天降下雨",返抵溥济宫已过下午四时。

天久不雨是一件大事。《春秋》就不断的有记载,例如文公二年"自十有二月不雨,至于秋七月",半年多不下雨,当然很严重。《水浒传》里的一首山歌:"夏日炎炎似火烧,野田禾稻尽枯焦。农夫心内如汤煮,公子王孙把扇摇。"其实我们靠天吃饭,果真大旱,把扇摇也不能当饭吃。

求雨之事,古已有之。旱而求雨之大祭曰雩①。《公羊传·桓公五年》:"大雩者何,旱祭也。"何休注:"雩,请雨祭名。君亲之南郊,以六事谢过自责曰:'政不一与?民失职与?宫室崇与?妇谒盛与?苞苴行与?雩夫倡与?'使童女各八人,舞而呼雩,故谓之雩。"旱祭之时,君王谢过自责,虽然是一种虚文,究竟是负责知耻的表现,并不以灾祸完全诿之于天。天灾人祸是两件事,藉天灾而反躬自省,不也很好么?

---

① 雩,读 yú,古代求雨的祭礼。

"东山霖雨西山晴",雨究竟是地方的事,所以求雨也不能专靠君王。《礼记·月令》:仲夏之月,"命有司为民祈祀山川百源,大雩帝,用盛乐。乃命百县,雩祀百辟卿士有益于民者,以祈谷实"。这就是要地方官主持雩祭求雨,不但要祭上帝,还要祭造福地方的先贤。多烧香,多磕头,总没有错。下雨不下雨,究竟归谁管,实在说不清楚。桃园县农民请雨,祭的是"保生大帝",我不晓得他是何方神圣,大概是一位保境安民的地方神吧。不知他是能直接命令雷公电母兴云作雨,还是要转呈层峰上达天庭作最后的核夺。

无论如何,桃园县这两乡的官民人等实在很聪明,在"出祈"之前,先在一条溪里作赤手摸鱼的测验,测验一下天公到底肯不肯下雨。测得相当把握之后,再三步一拜五步一跪的往返祈雨。"杀头的生意有人做,亏本的生意没人做。"若无相当把握,谁肯冒冒失失的就跪拜起来?那岂不是成了亏本生意?不过他们百密一疏，他们似乎没想到摸鱼测验的方法未必可靠。摸到鱼，还是不下雨，怎么办？三步一拜，五步一跪，往返八公里，耗时六小时，这种自虐性的运动不简单。不信，你试试看。人不到情急，谁愿出此下策？这是苦肉计，希望以虔诚的表示来感动上苍。

天旱，又好像不是有好生之德的上帝的意思。《诗·大雅·云汉》："旱魃为虐。"疏："《神异经》云，南方有人，长二三尺，袒身，而目在顶上，走行如风，名曰魃，所见之国大旱，赤地千里。一名旱母。"旱神简直是个小妖精。目在顶上，所以目中无人。顶上三尺有青天，所以他也许还知道畏上帝。所以我们求雨来对付他。

唐段成式《酉阳杂俎》："太原郡东有崖山。天旱士人常绕此山以求雨。俗传：崖山神娶河伯女，故河伯见火，必降雨救之。"绕山求雨是合于"祈祀山川百源"的古礼，但河伯是水神，不知何时和崖山神扯上一门亲事，遂能腾云致雨？天神好像也会徇私。

《春秋左传·僖公二十一年》："夏大旱，公欲焚巫尪①，臧文仲曰：'非旱备也。修城郭，贬食，省用，务穑，劝分，此其务也。巫尪何为？'"女巫据说能兴妖作怪，呼风唤雨，当然也能制造大旱，所以僖公要烧死她。这使我们联想到两千二百多年后的一五八九年，苏格兰王哲姆斯一世之为了海上遇风而大捕巫婆的一幕。鲁大夫臧文仲说的话颇近于我们所谓兴水利筑水库的一套办法，两千六百多年前我们就有明白人。

神也有时候吃硬不吃软。只有红萝卜而不用棍子是不行的。我记得从前有人求雨，久而无效，乡人就把城隍爷的神像搬出来，褫②其衣冠，抬着他在骄阳之下游街，让他自己也尝尝久旱不雨的滋味。据说若是仍然无效，辄鞭其股以为惩。软硬兼施之后，很可能就有雨。

---

① 尪，读 wāng，跛。
② 褫，读 chǐ，剥夺。

说老实话，久旱之后必定会有雨，久雨之后也必定会天晴。这是自然之道，与求不求没有关系。如今我们有人造雨，虽然功效很有限，可是我们知道水利，可使大旱不致成为大灾。现在沙漠里也可以种菜了。于今之世，而仍三步一拜五步一跪的去求雨，令人不无时代错误之感。可是我们也不能以愚民迷信而一笔抹煞之，因为据报载，桃园求雨之役有"立法委员×××及准备竞选立委的政大副教授×××师大教授×××等，昨天也都到场跪拜求雨"。这几位无论如何不能列为愚民一类。他们双膝落地，所为何来？

一条野狗

野狗当道，有司捕杀之，吾无间然。

夜深人静，常听到犬吠之声盈耳，哀而且厉，随即寂然。我初以为是狗屠出来猎狩，收集香肉，供人大嚼。后来听说是市府派出来的专人收捕野狗。他们的猎具简单，一根棍子，顶端系上一个铅铁丝圈的活套，瞄准了套在狗颈上面，越拉愈紧，狗便无法挣脱。提起狗来往停在路边的车子里一甩，凑足了十个八个，送往拘留场所，三日无人认领，则聚而歼之，无稍贷。对市民而言，这是德政。

从前我的居处楼上有人养狗，我从未见过这狗，不知其为雌雄、妍媸、胖瘦。但是狗准时狂吠，准在黎明的时候以极不悦耳的短促而连续的声音嗥叫，惊醒上下左右邻人的清睡。熟睡中被惊醒是很难受的。古人形容人民之安居乐业的现象之一是"狗不夜吠"（见《后汉书·循吏传》），有一天菁清在电梯中遇到狗主人，说起这条狗，委婉的请求她能不能"无使尨也吠"。狗主人反问："你搬来多久了？"菁清说："将近一月。"狗主人说："我在此地养这条狗将近三年了。"言外之意是，她和她的狗已经是资深的住户，一切早已定型，传统不容置疑。我闻之不禁叹息，有其人必有其狗。可是睦邻要紧，何况这狗不是野狗，所以这桩事只好列为百忍的项目之一。忍了两年，忽不闻犬吠，人犬俱杳，大概是搬走了。

历史重演，我现在住的地方又有一条狗半夜里汪汪的叫，不是在楼上，是在街上，原是一家店铺豢养的一只母狗，店铺关门，狗被遗弃，变成了野狗。它在附近餐馆偶然拾些残羹剩炙，苟全性命，但是瘦骨嶙峋，棕黑色的毛脱落了一半，同时还长满了虱。别看它这副腌臜相，在一群落魄的公狗的眼里，它还是眉清目秀的。果然，有一夜晚，一群野狗狺①狺然骚动起来，争相追逐这只可怜的母狗。结果是不免。群狗哄散，不久这条狗就大腹膨亨了。大概狗在怀胎期间格外容易感觉到饿，所以它叫得格外凄厉。菁清和我时常外出就餐，偶然剩余的菜肴便大包小包的携带回家，菁清没有浪费的习惯，归途遇见这只母狗，菁清顺手打开包裹，投以肉骨之类。一只狗真正饥饿的时候，饥火中烧，忽然看见肉骨，饥火会从眼里直冒出来。它急急忙忙的大口吞嚼。咔嚓咔嚓之声可闻，还不时的左顾右盼，惟恐谁来夺食。吃完之后，还要舔地，好像是意犹未足。菁清索兴以全部剩食投赠，它如风卷残云一般吃得一干二净。饿狗得食，那份满足的样子给人印象至深。此后我们就时常喂它，它好像认识我们了，见到我们就摇它的尾巴，这是它的礼

---

① 狺，读 yín，犬吠声。

貌。我们只是"随所见物,发慈悲心"(莲池大师语),并不是对这只野狗有所偏爱。

有一天,楼下餐馆主人说,那只野狗利用他后门外的一角空地产下了五只小狗。菁清就劝店主喂养它们,店主也答应了,只是把三只小狗送人,留下两只。我们看见了这两只,肥肥胖胖,满地打滚,一白色一棕色。天地之大德曰生,狗也在一切有情之内。现在母狗长得丰满了,皮毛也显著悦泽,母性焕发,怡然自得,再也不黎明狂吠扰人清梦了。我们为它庆幸,"得其所哉"!尤其是看它喂奶给小狗吃的那副舒坦的样子,令人兴起愉愉之感。

忽然有一天餐馆主人告诉我们,那条狗被抓走了!我们立刻就想到捕狗人员用铁圈套狗的样子,不免戚然。问店主要不要去认领,他摇摇头。"那两只小狗怎么办呢?"他说:"我们会喂它。"说着说着那两只小狗跑过来了,依然欢蹦乱跳,满地打滚,不晓得覆巢之下岂有完卵!

我知道那条狗还可以苟延残喘三天,这三天中,我不时的想到了它。三天过后,万事皆空,它的影子仍然不时的浮现在我心里。这条狗并不美丰姿,比起什么狮子狗、狐狸狗、哈叭狗、牧羊狗、大丹狗、香肠狗、牛头狗……都差得远。我没有抚摩过它,只是偶有一饭之恩。奈何三日已过而仍萦绕我的心怀?我的心怀已经是满满的,不能再容纳一只无家可归惨遭捕杀的野狗。我想唯一的释怀的方法是把这一桩事写出来,也许写出来之后心里就会觉得释然。试试看。

幸灾乐祸

有人问"幸灾乐祸"一语,如何英译。英语中好像没有现成的字辞可用,只好累赘一些译其大意。德文里有一个字,schadenfreud,似尚妥切,schaden,是灾祸,freud 是乐,看到别人的灾祸而引以为乐。

"幸灾乐祸"一语出自《左传·僖公十四年》:"背施无亲,幸灾不仁",及《庄公二十》:"歌舞不倦,是乐祸也。"原说的是国与国之间的关系,现在人与人之间也常使用这个成语,表示同情心之缺乏,甚至冷酷自私的态度。

其实，幸灾乐祸不一定是某个人品行上的缺点，实在是人性某方面的通性之一。人在内心上很少不幸灾乐祸的。有人明白的表示了出来，有人把它藏在心里，秘而不宣，有人很快的消除这种心理，进而表示出悲天悯人慷慨大方的态度。

最近报上有这样一段新闻：

……违建户大火，烈焰映红了半边天，也映出了两种截然不同的心态。

在火场邻近的屋顶上，挤满了人。左边的消防人员手拿送水带，卖力地想要将火尽速扑灭。一名队员还从屋顶上摔下来，幸而只受轻伤。

右边的一群人却"隔岸观火"，有几个还悠闲地蹲坐下来。别人的灾难竟被他们当成热闹好戏。

旁边附刊了照片，可惜模糊了一点，没有显示出那几位"悠闲地蹲坐下来"的先生们的面目。祝融为虐，照例有人看热闹，除非那一火起自或烧到你自己的家宅，那时候那一场热闹就只好留给别人看。不过我有一点疑问：假使离府上相当远的地方发生火警，不论是违章建筑还是高楼大厦，浓烟直冒，火舌四伸，消防队的救火车纷纷到来施救，居民忙着抢搬家私，现场一片混乱，这时节，你怎么办？当然你不会去趁火打劫。你也不会若无其事的闭门家中坐。你是否要提着一铅铁桶水前去帮着施救呢？你不会这样做，人家也不准你这样做，这样做只有越帮越忙，而且无济于事。遇到此等事，只好交给消防队去处理，闲杂人等请站开。站开了看是可以，爬到屋顶上看也可以，如果你不怕摔下来。千万不可站累了蹲下来坐着看，因为蹲坐表示"悠闲"，人家有灾难，你怎么可以悠闲看热闹？悠闲的看热闹便至少有隔岸观火之嫌。如果你心里想"这火势怎么这样小"，或"这场火怎么这样就扑灭了"，那你就是十足的幸灾乐祸了。

我看过几场大火。第一次是在民元，北京兵变火烧东安市场。市场离我家不远，隔一条大街，火势映红了半边天，那时候我还小，童子何知，躬逢巨劫。我当时只觉得恐怖，只觉得那么多好吃好玩的物资付之一炬，太可惜了。第二次看到大火是在重庆遭遇五四大轰炸，我逃难到海棠溪沙洲上，坐卧在沙滩上仰观重庆闹区火光冲天，还听得一阵阵爆竹响（因为房屋多为竹制），真个的是隔岸观火，心里充满了悲愤。又一次观火是在北碚的一个夏天，晚饭后照例搬出两张沙发放在门前平台上，啜茗乘凉。忽然看见对面半山腰上有房屋起火，先是一缕炊烟似的慢慢升起，俄而变成黑黑的一股烽燧狼烟，终乃演成焰焰大火。我坐下来，一面品茗，一面隔着一个山谷观火。非观不可，难道闭起眼睛非礼勿视？而且非悠闲不可，难道要顿足太息，或是双手合什，口呼"善哉！善哉！"

有时候听说舟车飞机发生意外，多人殉亡，而自己阴差阳错偏偏临时因故改变行程，没有参加那一班要命的行旅，不免私下庆幸。这不是幸灾乐祸。对于那些在劫难逃的人，纵不恫伤，至少总有一些同情。对于自己的侥幸，当然大为高兴，但是这一团高兴并非建立在别人的痛苦之上。法国十七世纪的作家拉饶施福谷（La Rochefoucault）的《箴言集》里有这样的一句名言："在我们的至交的灾难中，我们会发现一点点并不使我们不高兴的东西。"（"Dams l'adversite de nos meilleurs amis nous trouvons quelque chose，qui ne nous deplaist pas."）这一点点并不使我们不高兴的东西，就是我们才说到的那种侥幸心理吧?

灾难如果发生在我们的敌人头上，我们很难不幸灾乐祸。民国三十四年两颗原子弹投落在广岛长崎，造成很大的伤害，当时饱尝日寇荼毒的我国民众几乎没有不欢欣鼓舞的，认为那是天公地道的膺惩。想想日军在南京的大屠杀，在珍珠港的偷袭，他们不该付出一点代价么？此之谓自作孽，不可活。也许有人以为我们应该如曾子所说的"哀矜而勿喜"，可是那种修养是很难得的。

快 乐

天下最快乐的事大概莫过于做皇帝。"首出庶物，万国咸宁。"至不济可以生杀予夺，为所欲为。至于后宫粉黛三千，御膳八珍罗列，更是不在话下。清乾隆皇帝，"称八旬之觞，镌十全之宝"，三下江南，附庸风雅。那副志得意满的神情，真是不能不令人兴起"大丈夫当如是也"的感喟。

在穷措大^①眼里，九五之尊，乐不可支。但是试起古今中外的皇帝于地下，问他们一生中是否全是快乐，答案恐怕相当复杂。西班牙国王拉曼三

---

① 比喻贫穷的读书人。

世（Abder Rahman III，960）说过这么一段话：

> 我于胜利与和平之中统治全国约五十年，为臣民所爱戴，为敌人所畏惧，为盟友所尊敬。财富与荣誉，权力与享受，呼之即来，人世间的福祉，从不缺乏。在这情形之中，我曾勤加计算，我一生中纯粹的真正幸福日子，总共仅有十四天。

御宇五十年，仅得十四天真正幸福日子。我相信他的话，宸谟睿略①，日理万机，很可能不如闲云野鹤之怡然自得。于此我又想起从一本英语教科书上读到一篇寓言，题目是《一个快乐人的衬衫》。某国王，端居大内，抑郁寡欢，虽极耳目声色之娱，而王终不乐。左右纷纷献计，有一位大臣言道：如果在国内找到一位快乐的人，把他的衬衫脱下来，给国王穿上，国王就会快乐。王韪其言，于是使者四出寻找快乐的人，

---

① 指帝王的谋略。

访遍了朝廷显要，朱门豪家，人人都有心事，家家都有一本难念的经，都不快乐。最后找到一位农夫，他耕罢在树下乘凉，裸着上身，大汗淋漓。使者问他："你快乐么？"农夫说："我自食其力，无忧无虑！快乐极了！"使者大喜，便索取他的衬衣。农夫说："哎呀！我没有衬衣。"这位农夫颇似我们的禅门之"一丝不挂"。

常言道，"境由心生"，又说"心本无生因境有"。总之，快乐是一种心理状态。内心湛然，则无往而不乐。吃饭睡觉，稀松平常之事，但是其中大有道理。大珠《顿悟入道要门论》：

> 有源律师来问："和尚修道，还用功否？"师曰："用功。"曰："如何用功？"师曰："饥来吃饭，困来即眠。"曰："一切人总如是，同师用功否？"师曰："不同。"曰："何故不同？"师曰："他吃饭时不肯吃饭，百种须索，睡时不肯睡，

千般计较。所以不同也。"律师杜口。

可是修行到心无挂碍，却不是容易事。我认识一位唯心论的学者，平凤昌言意志自由，忽然被人绑架，系于暗室十有余日，备受凌辱，释出后他对我说："意志自由固然不诬，但是如今我才知道身体自由更为重要。"常听人说烦恼即菩提，我们凡人遇到烦恼只是深感烦恼，不见菩提。

快乐是在心里，不假外求，求即往往不得，转为烦恼。叔本华的哲学是：苦痛乃积极的实在的东西，幸福快乐乃消极的根本不存在的东西。所谓快乐幸福乃是解除苦痛之谓，没有苦痛便是幸福。再进一步看，没有苦痛在先，便没有幸福在后。梁任公先生曾说："人生最快乐的事，莫过于看着一件工作的完成。"在工作过程之中，有苦恼也有快乐，等到大功告成，那一份"如愿以偿"的快乐便是至高无上的幸福了。

有时候，只要把心胸敞开，快乐也会逼人而来。

这个世界，这个人生，有其丑恶的一面，也有其光明的一面。良辰美景，赏心乐事，随处皆是。智者乐水，仁者乐山。雨有雨的趣，晴有晴的妙，小鸟跳跃啄食，猫狗饱食酣睡，哪一样不令人看了觉得快乐？就是在路上，在商店里，在机关里，偶尔遇到一张笑容可掬的脸，能不令人快乐半天？有一回我住进医院里，僵卧了十几天，病愈出院，刚迈出大门，陡见日丽中天，阳光普照，照得我睁不开眼，又见市廛熙攘，光怪陆离，我不由的从心里欢叫起来："好一个艳丽盛装的世界！"

"幸遇三杯酒美，况逢一朵花新？"我们应该快乐。

北平的冬天

说起冬天,不寒而栗。

我是在北平长大的。北平冬天好冷。过中秋不久,家里就忙着过冬的准备,作"冬防"。阴历十月初一屋里就要生火,煤球、硬煤、柴火都要早早打点。摇煤球是一件大事。一串骆驼驮着一袋袋的煤末子到家门口,煤黑子把煤末子背进门,倒在东院里,堆成好高的一大堆。然后等着大晴天,三五个煤黑子带着筛子、耙子、铲子、两爪钩子就来了,头上包块布,腰间裙布上插一根短粗的旱烟袋。煤黑子摇煤球的那一套手艺真不含糊。煤末子摊在地上,中间做个坑,好倒水，再加预先备好的黄土，两个大汉就搅拌起来。搅拌好了就把烂泥一般的煤末子平铺在空地上，做成一大块蛋糕似的，再用铲子拍得平平的，光溜溜的，约一丈见方。这时节煤黑子已经满身大汗，脸上一条条黑汗水淌了下来，该坐下休息抽烟了。休毕，煤末子稍稍干凝，便用铲子在上面横切竖切，切成小方块，像厨师切菜切萝卜一般手法伶俐。然后坐下来，地上倒扣一个小花盆，把筛子放在花盆上，另一人把切成方块的煤末子铲进筛子，便开始摇了，就像摇元宵一样，慢慢的把方块摇成煤球。然后摊在地上晒。一筛一筛的摇，一筛一筛的晒。好辛苦的工作，孩子在一边看，觉得好有趣。

万一天色变，雨欲来，煤黑子还得赶来收拾，归拢归拢，盖上点什么，否则煤被雨水冲走，前功尽弃了。这一切他都乐为之，多开发一点酒钱便可。等到完全晒干，他还要再来收煤，才算完满，明年再见。

煤黑子实在很苦，好像大家并不寄予多少同情。

从日出做到日落，疲乏的回家途中，遇见几个顽皮的野孩子，还不免听到孩子们唱着歌谣嘲笑他：

煤黑子，打算盘，
你妈洗脚我看见！

我那时候年纪小，好久好久都没有能明白为什么洗脚不可以令人看见。

煤球儿是为厨房大灶和各处小白炉子用的，就是再穷苦不过的人家也不能不预先储备。有"洋炉子"的人家当然要储备的还有大块的红煤白煤，那也是要砸碎了才能用，也需一番劳力的。南方来的朋友们看到北平家家户户忙"冬防"，觉得奇怪，他不知道北平冬天的厉害。

一夜北风寒，大雪纷纷落，那景致有得瞧的。但是有几个人能有谢道韫女士那样从容吟雪的福分。所有的人都被那砭人肌肤的朔风吹得缩头缩脑，各自忙着做各自的事。我小时候上学，背的书包倒不太重，只是要带墨盒很伤脑筋，必须平平稳稳的拿着，否则墨汁要洒漏出来，不堪设想。有几天还要带写英文字的蓝墨水瓶，更加恼人了。如果伸手提携墨盒墨水瓶，手会冻僵。手套没有用。我大姐给我用绒绳织了两个网子，一装墨盒，一装墨水瓶，同时给我做了一副棉手筒，两手伸进筒内，提着从一个小孔塞进的网绳，于是两手不暴露在外而可提携墨盒墨水瓶了。饶是如此，手指关节还是冻得红肿，作奇痒。脚后跟生冻疮更是稀松平常的事。临睡时母亲为我们备热水烫脚，然后钻进被窝，这才觉得一日之中尚有温暖存在。

　　北平的冬景不好看么？那倒也不。大清早，榆树顶的干枝上经常落着几只乌鸦，呱呱的叫个不停，好一幅古木寒鸦图！但是还不及西安城里的乌鸦多。北平喜鹊好像不少，在屋檐房脊上吱吱喳喳的叫，翘着的尾巴倒是很好看的，有人说它是来报喜，我不知喜自何来。麻雀很多，可是竖起羽毛像披蓑衣一般，在地面上蹦蹦跳跳的觅食,一副可怜相。不知什么人放鸽子,一队鸽子划空而过,盘旋又盘旋,白羽衬青天,哨子忽忽响。又不知是哪一家放风筝,沙雁蝴蝶龙睛鱼,弦弓上还带锣鼓。隆冬之中也还点缀着一些情趣。

过新年是冬天生活的高潮。家家贴春联、放鞭炮、煮饺子、接财神。其实是孩子们狂欢的季节,换新衣裳、磕头、逛厂甸儿,流着鼻涕举着琉璃喇叭大沙雁儿。五六尺长的大糖葫芦糖稀上沾着一层尘沙。北平的尘沙来头大,是从蒙古戈壁大沙漠刮来的,平时真是胡尘涨宇,八表同昏。脖领里、鼻孔里、牙缝里,无往不是沙尘。这才是真正的北平的冬天的标帜。愚夫愚妇们忙着逛财神庙、白云观去会神仙,甚至赶妙峰山进头炷香,事实上无非是在泥泞沙尘中打滚而已。

在北平,裘马轻狂的人固然不少,但是极大多数的人到了冬天都是穿着粗笨臃肿的大棉袍、棉裤、棉袄、棉袍、棉背心、棉套裤、棉风帽、棉毛窝、棉手套。穿丝棉的是例外。至若拉洋车的、挑水的、掏粪的、换洋取灯儿的、换肥子儿的、抓空儿的、打鼓儿的……哪一个不是衣裳单薄，在寒风里打颤？在北平的冬天，一眼望出去，几乎到处是萧瑟贫寒的景色，无需走向粥厂门前才能体会到什么叫做饥寒交迫的境况。北平是大地方，从前是辇毂所在，后来也是首善之区，但也是"朱门酒肉臭，路有冻死骨"的地方。

北平冷，其实有比北平更冷的地方。我在沈阳度过两个冬天。房屋双层玻璃窗，外层凝聚着冰雪，内层若是打开一个小孔，冷气就逼人而来。马路上一层冰一层雪，又一层冰一层雪，我有一次去赴宴，在路上连跌了两跤，大家认为那是寻常事。可是也不容易跌断腿，衣服穿得多。一位老友来看我，觌①面不相识，因为他的眉毛须发全都结了霜！街上看不到一个女人走路。路灯电线上踞着一排鸦雀之类的鸟，一声不响，缩着脖子发呆，冷得连叫的力气都没有。更北的地方如黑龙江，一定冷得更有可观。北平比较

---

① 觌，读dí，相见。

起来不算顶冷了。

冬天实在是很可怕。诗人说:"如果冬天来到,春天还会远么?"但愿如此。

一只野猫

流浪街头无人豢养的猫,叫做野猫。通常是瘦得皮包骨,一身渍泥,瞪着大眼嗥嗥的叫,见人就跑。英语称之为街猫,以别于家猫,似较为确切,因为野猫是另一种东西,本名 lynx,我们称之为山猫,大概也就是我们酒席上的果子狸。

稀脏邋遢的孩子,在街上鬼混,我们称之为野孩子。其实他和良家子弟属于同一品种,不是蛮荒的野人的子遗,只是缺乏教养失去了家庭温暖的可怜的孩子。猫也是一样。踯躅街头嗷嗷待哺的猫,我也似乎不该叫它为野猫,只因一时想不起较合适的名称,暂时委屈它一下称之为野猫吧。

一般的野猫,其实是驯顺的,而且很胆怯。在垃圾堆旁的野猫都是贼目鼠眼的,一面寻食,一面怕狗,更怕那些比狗更凶的人。我们在街上看见几只野猫,怜其孤苦伶仃,顶多付诸一叹,焉能广为庇护使尽得其所?但是如果一只野猫不时的在你大门外出现,时常跟着你走,有时候到了夜晚蹲在你的门前守候着你,等你走近便叫一声"咪噢",而你听起来好像是叫一声"妈"……恐怕你就不能不心动一下,恻隐之心,人皆有之。

菁清最近遇到了这样的一只野猫。白毛,大块的黑斑,耳朵是黑的,尾巴是黑的,背上疏疏落落的有三五大块黑,显着粗豪,但不难看,很脏,但是很胖,也许本是家猫而被遗弃的,也许它善于保养而猎食有道。它跟了菁清几天,她不能恝置不理了,俯下身去摸摸它,哇,毛一缕缕的粘结在一起,刚鬅鬙①,

---

① 鬅鬙,读 péngsēng,指毛发散乱。

大概是好久不曾梳洗。

"我们把它抱到家里来吧？"菁清说。

我断然说："不可。"

我们家已经有白猫王子和黑猫公主，一雌一雄，其饮食起居以及医药卫生之所需，已经使我们两个忙得团团转，如果善门大开，寒家之内势将喧宾夺主。菁清听了没说什么，拿一钵鱼一盂水送到门口外，就像是在路边给过往行人"奉茶"的那个样子。

如是者数日，野猫每日准时到达门口领食，更难得的是施主每日准时放置饮食于固定之处待领。有时吆喝一声，它不知从哪里窜了出来，欣然领受这份嗟来之食。

有好几天不见猫来。心想不妙，必是遭遇了什么意外。果然，它再度出现时，尾巴中间一截血淋淋的毛皮尽脱，露出一段细细的似断未断的骨头。它有气无力的叫。我猜想也许是被哪一家的弹簧门夹住了尾巴。菁清说一定是狗咬的。本来尾巴没有用，老早就该进化淘汰掉的,留着总是要惹麻烦。菁清说:"以后教它上楼到我们房门口来吃吧。"我看着它的血丝糊拉的尾巴,也只好点点头。从此这只猫更上一层楼,到了我们的房门口。不过我有话在先,我在这里画最后一道线,不能再越雷池一步,登堂入室是绝不可以的。菁清说:"这只猫,总得有个名字,就叫它'小花子'吧。"怜其境遇如乞食的小叫花子,同时它又是一身黑白花。

  小花子到房门口,身份好像升了一级。尾巴的伤养好了,猫有九条命,些许皮肉之伤算不了什么。菁清给它梳洗了一番,立刻容光焕发。看它直咳嗽,又喂了它几颗保济丸。它好想走进我们的房间,有时候伸一只爪子隔在门缝里,不让我们关门,我心里好惭愧,为什么这样自私,不肯再多给它一点温暖!菁清拿出一条棉絮放在门外,小花子吃饱之后,照例洗洗脸,便蜷着身子在棉絮上面睡了。小花子仅仅免于冻馁而已。它晚间来到门口膳宿,白天就不知道云游何处了。

　　白猫王子听得门外有同类的呼声,起初是兴奋,观察许久,发出呼噜的吼声,小花子吓得倒退。对于这不速之客,白猫王子好像不表欢迎。一门之隔,幸与不幸,判如霄壤。一个是食鲜眠锦,一个是踵门乞食。世间没有平等可言!

领 带

　　林语堂先生长南洋大学，虽为时甚短，有两事却为某些人津津乐道。一是他不赞成打领结，并且身体力行，经常敞着领子，一副萧散的样子。另一是主张教室里不妨吸烟，教授可以嘴里叼着烟斗，学生也可以喷云吐雾，在烟雾弥漫之中传道授业。

　　有些国家的大学里，学生的服装甚不整齐，有件衬衫，加件夹克，就可以跻身黉①舍，堂皇的出入。但是教授一定要维持相当的体面，他的一套服装可以破旧邋遢，他颈间系着的领带绝不可少，那是教

———————
　　① 黉，读 hóng，古代的学校。

授的标帜。你看见一位中年以上的夹着书包而系着领带的人施施然直趋教室，不必问即可知道他八成是个教授。也有些偷懒的教师，尤其是夏季，嫌打领结太麻烦，用一根绳子似的东西往颈上一套，上面系着一块石头什么的东西，权且充为领结了，即所谓 bolo tie。

在国外，打领带西装笔挺的传统，大概由两种人在维持。银行行员与大公司行号应对顾客的职员，他们永远是浑身上下一套西服，光光溜溜一尘不染，系着一条颜色深沉并不耀眼的领带。如果他不修边幅，蓬着头发敞着胸口，谁愿意和他做交易？打上领结就可以增几分令人愉快而且可以令人信赖的感觉。殡仪馆的执事们，为了配合肃穆的气氛，也没有不打领带的。

自从我们这里发生一件儿子勒死爸爸的案子之后，即有人一见领带就发毛。大家都梳辫子的时候，和人打架动手过招，最忌被对方揪住小辫儿，因为辫子被人揪住，就不能自由转动脑袋，势必被人扯得前仰后合，终于落败。那儿子勒死爸爸，只为了讨五十元零用钱未遂，未必蓄意置人于死，可是领结是个活套，越拉越紧，老人家的细细脖子怎么禁得起，一时缺氧，遂成千古。领带比辫子危险能致人命。如果不系领带，可能逃过一厄。

系领带也没有什么大不好，只是麻烦些。每天早起盥洗刮脸固定的一套仪式已经够烦，还要在许多条五颜六色的领带中间选择一条出来，打在颈上可能一端长一端短，还须重新再打，打好之后，披上衣服，对镜一照，可能颜色图案与内衣外服都不调和，还须拆了再打。往复折腾两次，不由得人要冒火。其实这个问题容易解决，曾听高人指点：衣装花俏则领带要素，衣装朴素则领带不妨鲜明。懂得这个原则，自由斟酌，无往不利。当然，领带的色彩图案，千奇百怪，总之是要和人的身份相称，也要顾到时地是否相宜。二十多年前有人自海外来，送我一条领带，黄色的，纯黄色的，黄到不能再黄，我一直找不到适当时机佩戴它，烂在箱底，也许过马路斑马线的时候系这领带格外醒目。

人的服装，于御寒之外，本来有求美观的因素在内。男人的西装在色彩方面总嫌单调，系上一条悦目而不骇人的领带也不能算是过分。雄狮有一头蓬散的鬣毛，老虎豹有满身的斑纹斑点，人呢？一脸络腮胡子是非常惹人厌的。无可奈何，在脖子上系一条色彩分明的领带，虽说迹近招摇，但是用心良苦。至于说领带系颈，使胸口免受风寒，预防感冒，也许是实情，也许是遁词吧。

领带的起源，其说不一。或谓起源于法国皇帝路易十四时代克罗埃西亚佣兵之颈上的装饰性的领结，即所谓 gravat，贵族群起仿效，大革命之后消失了一阵子，但是十九世纪初期又复盛行，拜伦的飞扬潇洒的领巾是有名的。一八一八年出版过一本书《领带大全》（*Neckclothiana*），历数二十多种领带之不同的打法。领带的考证没有什么重要,但是领带之不时的变换式样却是很讨厌的。时而细细长长,时而宽宽大大,造成所谓的时髦。情愿被时髦牵着鼻子走的人实在很多,真正从中获益的是制造领带的厂商。

点　名

我在小学读书的时候，先生根本不点名。全班二十几个学生，先生都记得他们的名字。谁缺席，谁迟到，先生举目一看，了如指掌，只须在点名簿上做个记号，节省不少时间。

我十四岁进了清华。清华的学生每个都编列号码（我在中等科是五八一号，高等科是一四七号）。早晨七点二十分吃早点（馒头稀饭咸菜），不准缺席迟到。饭厅座位都贴上号码，有人巡视抄写空位的号码。有贪睡懒觉的，非到最后一分钟不肯起床，匆促间来不及盥洗，便迷迷糊糊蓬头散发的赶到餐厅就座，呆坐片刻，俟点名过后再回去洗脸，早饭是牺牲了。若是不幸遇到斋务主任陈筱田先生亲自点名，迟到五分钟的人就难逃法网了，因为这位陈先生记忆力过人，他不巡行点名，他隐身门后，他把迟到的人的号码一一录下。凡迟到若干次的便要在周末到"思过室"里去受罚静坐。他非记号码不可，因为姓名笔划太繁，来不及写，好几百人的号码，他居然一一记得，这一份功夫真是惊人。三十多年后我偶然在南京下关遇见他，他不假思索喊出我的号码一四七。

下午是中文讲的课程，学校不予重视，各课分数不列入成绩单，与毕业无关，学生也就不肯认真。但是点名的形式还是有的，记得有一位叶老先生，前清的一位榜眼，想来是颇有学问的，他上国文课，简直不像是上课。他夹着一个布包袱走上讲台，落座之后打开包袱，取出眼镜戴上，打开点名簿，拿起一支铅笔（他拿铅笔的姿势和拿毛笔的姿势完全一样，挺直的握着笔管），然后慢条斯理的开始点名。

出席的学生应声答"到"！缺席的也有人代他答"到"！有时候两个人同时替一个缺席的答到。全班哄笑。老先生茫然的问："到底哪一位是……？"全班又哄然大笑。点名的结果是全班无一缺席，事实上是缺席占三分之一左右。大约十分钟过去，老先生用他的浓重的乡音开讲古文，我听了一年，无所得。

胡适之先生在北大上课，普通课堂容不下，要利用大礼堂，可容三五百人，但是经常客满，而且门口窗上都挤满了人。点名是不可能的。事实上其中还有许多"偷听生"，甚至是来自校外的。朱湘就是远从清华赶来偷听的一个。胡先生深知有教无类的道理，来者不拒，点名作甚？"桃李不言，下自成蹊。"

其实点名对于教师也有好处，往往可以借此多认识几个字。我们中国人的名字无奇不有。名从主人，他起什么样的名字自有他的权利。先生若是点名最好先看一遍名簿，其中可能真有不大寻常的字。若是当众读错了字，会造成很尴尬的局面。例如寻常的"展"，偏偏写成为"㞡",这是古文的展字,不是人人都认得的。猛然遇见这个字可能不知所措。又如"珡"就是古文的"琴",由隶变而来,如今少写两笔就令人不免踌躇。诸如此类的情形不少,点名的老师要早防范一下。还有些常见的字,在名字里常见,在其他处不常用,例如"茜"字,读倩不读西,报纸上字幕上常有"南茜""露茜"出现,一般人遂跟着错下去。可是教师不许读错,读错了便要遭人耻笑了。也有些字是俗字,在字典里找不着,那就只好请教当地人士了。

我看电视

有人问我看不看电视。

我说我看。不过我在扭接电视之前，先提醒我自己几件事。第一，电视公司不是我开的，所以我不能指挥他们播出什么样的节目。电视节目就好像是餐馆里的"定食"（唯一的一组和菜），吃不吃由你，你不能点菜。当然，有几个频道可供选择。可是内容通常都差不多，实在也没有什么选择。

第二，看电视的不只我一个人。看各处屋顶上扎煞着的一排排鱼骨天线，即可知其观众如何的广大。其中有老有少，有男有女，有君子小人，有贤愚智不肖,他们的口味自然不大相同,而电视制作必须要在他们的不同口味之中找出"公分母",播映出来的节目要老少咸宜雅俗共赏。其结果可能是里外不讨好,有人嫌太雅,又有人嫌太俗。所以作节目的人,不但左右为难,而且上下交责,自己良心也往往忐忑不安,他们这份差事不容易当。

第三,电视是一种买卖生意。在商言商,当然要牟利。观众是买主,可是观众并未买票。天下焉有看白戏的道理?可是观众又是非要不可的,天下焉有不要观众的戏?于是电视另有生财之道,招登广告。电视广告费是以秒计的,离日进斗金的目标也许不会太远。广告商舍得花大钱登广告,又有他们的打算,利用广告心理招引观众买他们的货物。观众通常是不爱看广告的,尤其是插在节目中间的广告,不但扫兴,简直是讨厌。可是我们必须忍受,因为事实上是广告商招待我们看戏。

提醒自己上述几点之后就可以大模大样的看电

视了。看电视当然也有一个架势。不远不近的有个座位,灯光要调整好,泡碗好茶,配上一些闲食零嘴。"TV餐"倒不必要,很少人为了贪看电视像英国十八世纪三文治伯爵因舍不得离开赌桌而吃三文治(TV餐不高明,远不及三文治)。美国的标准电视零食是爆玉米花或炸洋芋片。按我们中国人的口味,似乎金圣叹临刑所说"花生米与豆腐干同食大有胡桃滋味"确是不无道理。

看不多久,广告来了。你有没有香港脚,你是否患了感冒,你要不要滋补,你想不想像狼豹一般在田野飞驰?有些广告画面优美,也有些恶声恶相。广告时间就可以闭目养神,即使打个盹也没有多大损失,有时候真的呼呼大睡起来。平夙失眠的人在电视前是容易入睡。

看电视多半是为娱乐,杀时间。但是有时亦适得其反,恶心。哭哭啼啼的没完没结,动不动的就是眼泪直流,不是令人心酸,是令人反胃,更难堪的是笑剧穿插。很少喜剧演员能保持正常的人的面孔,不是狞眉皱眼,就龇牙咧嘴,再不就是佝腰缩颈,走起路来欹里歪斜,好像非如此不能引起大家的欢笑。当年文明戏盛行的时候,几乎所有丑角都犯一种毛病,无原无故的就跌一跤,或是故作口吃,观众就会觉得好玩。如今时代进步,但是喜剧方面仍然特别的有才难之叹。

我事先提醒了自己,所以我感觉电视可以不必再观赏下去的时候,便轻轻的把它关掉。我不口出恶声,当然更不会有像传说中的砸烂荧幕的那样蠢事。好来好散,不伤和气。

光是挑剔而不赞美是不公道的,电视也给了我不少的快乐。我喜欢看新闻,百闻不如一见。例如报载某地火山爆发,就不如在电视上看那山崩地裂岩浆泛滥的奇景。火烧大楼、连环车祸,种种触目惊心的景象,都由电视送到目前。许多名流新贵,我耳闻其名而未曾识荆,无从拜见其尊容,在电视上便可以(而且是经常不断的）瞻仰他的相貌，多半是"天庭饱满，地阁方圆"。警察捕获的盗贼罪犯，自然又泰半是獐头鼠目的角色，见识一下也好（不过很奇怪，其中也有眉清目秀方面大耳的）。美国俚语，称上电视人员所使用的提词牌为"低能牌"，我不知道我们的一些上电视的公务人员在接受访问或发表谈话的时候，是否也使用"低能牌"，按说在他职掌范围之内的材料应该是滚瓜烂熟的，不至于低能到非照本宣科不可。如果使用"低能牌"，便会露出低能相。

新闻过后便是所谓黄金时段。惭愧得很，这也正是我准备就寝的时候。不过真正好的连续剧，不是虚晃一招的花拳绣腿的武打，而是比较有一点深度的弘扬人性的戏，也可以使我牺牲一两个小时的睡眠。即使里面有一点或很多说教的意味，我也能勉强忍耐。这样的好戏不常见。

我对于野兽生活的片子很感兴趣。野兽是我们人类的远亲，久不闻问了。他们这些支族繁殖不旺，有的且面临绝种。我逛动物园,每每想起我们"北京人"时代的环境与生活,真正的发思古之幽情。看电视所播的野兽生活,格外的惊心动魄。我并不向往非洲的大狩猎,于今之世我们不该再打猎了。地球面积够大,让他们也活下去吧。

我国的旧戏早就在走下坡路。我因为从小就爱看戏,至今不能忘情。种种不便,难得出去看一回戏,在电视上却有缘看到大约百出以上的戏,其中颇有几出是前所未见的。新编的戏我不太热心,我要看旧的戏,注意的是演员的唱与作。我发现了一位武生特别的功夫扎实气度不凡。我在楼上写作,菁清就会冲上楼来,拉起我就走,连呼:"快,快,你喜欢的'挑滑车'上映了!"我只好搁下笔和她一同欣赏电视上的"挑滑车"。电视前看戏,当然不及在舞台前,然而也差强人意了。

电视开始那一年就有有关烹饪示范的节目,我也一直要看这个节目。我不是想学手艺,因为我在这方面没有才能和野心，可是我看主持人的刀法实在利落，割鸡去骨悉中肯綮①，操作程序有条不紊，衷心不但佩服而且喜悦。可惜播放时间屡次更动，我常失误观赏的机会。

运动节目也煞是好看。足球（不是橄榄球）、篮球、棒球的重要比赛，尤其是国际性的，我不肯轻易放过。前几年少棒队驰誉国际，半夜三更起来观看电视现场播映的观众，其中有一个是我。

---

① 綮，读 qing，肯綮，指筋骨结合的地方，比喻要害或关键的地方。

奖 券

"人无横财不富,马无夜草不肥。"这道理谁不知道?靠了一点微薄的收入,维持一家的温饱,还要设法撙节,储备不时之需,那份为难不说也罢。可是各种形式的巧取豪夺,若是自己没有那种能耐,横财又从哪里来呢?馅饼会从天上掉下来么?若真从天上掉下来,你敢接么?说不定会烫手,吃不了兜着走。

有人想,也许赌博可以带来一笔小小的横财。"舍不得孩子套不着狼",筹得一点赌资,碰碰运气,说不定就有斩获。打麻将吧,包括卫生的与不卫生的两种在内,长期的磨手指头,总会有时缔造佳绩,像清一色杠上开花什么的，还可能会令人兴奋得大叫一声而亡，或一声不响的溜到桌下。不过这种奇迹不常见。推牌九吧，一翻两瞪眼，没得说的，可是坐庄的时候若是翻出了"皇上"，统吃，而且可以吃十三道的注子，这笔小财就足够折腾好几天了。常言道，久赌无赢家，因为赌资只有那么多，赌来赌去总额不会多，只有越来越少，都被头家抽头拿去了。赌博不是办法，运气不好还可能被捉将官里去。

无已，买彩票吧。彩票，今称奖券。买奖券也是撞大运，也是赌博的一种，花少量的钱，希冀获得大奖。奖，是劝勉的意思。《左传·昭公二十二年》："无亢不衷，以奖乱人。"买奖券的人不一定是乱人，但也绝不一定是善人。花几十块钱买彩票，何功何德，就会使老天爷（或财神爷）垂青于你？或者只能说那是靠坟地的风水，祖上的阴功。但是谁都愿试一试看，看坟地风水如何，祖上有无阴功。一试不成，再试，试之不已，也许有一天财气会逼人而来。若是始终不能邀天之幸，次次落空，则所失有限，也不必多所怨尤。

奖券既是赌的性质，赌是不合法的，难道不怕有人来抓赌？这又是过虑。奖券如公然发售，必然是合法的，究竟合的是什么法，民法、刑法、银行法，就不必问。奖券所得如果是为了拨作公益或充裕国帑，更不妨鼓励投机，投机又有何伤？从来没听说过什么人因买奖券而倾家荡产，也从来没听说过什么人因买了奖券就不务正业。

我没买过奖券，不是不想发财，是买了奖券之后，念兹在兹，神魂颠倒，一心以为大奖之将至，这一段悬宕焦急的时间不好过。若是臆想大奖到手之后，如何处分那笔横财，买房好还是置地好，左思右想的拿不定主意，更增苦痛。其实中奖的机会并不大，猫咬尿泡的结果不能免，所以奖券还是由别人去买，这笔财由别人去发，安分守己，比较妥当。人无横财不富，看着别人富，不也很好么？

如今时尚是处处模仿西方国家，西方国家有专靠赌博维持命脉的，也有借赌博以广招徕的所谓赌城，各地人士趋之若鹜。我们的国家尚未沦落到这个地步，我们顶多在餐馆用膳的时候，常突然闯进不速之客，有男女老少，每个都低声下气的兜售奖券。他并不强销，他和颜悦色。他不受欢迎的时候多，偶尔也有拒绝买券而又慷慨解囊的人，那就像是施舍了。

统一发票是良好制度，而且月月开奖。除了观光饭店和书店之外，很少商家不费唇舌就开发票给我。我若索取，他会应我所求，但是脸上的颜色有时就不好看。所以我不强求，但是每月也积有若干张，开奖翌日报纸上揭露出来，核对号码的时候觉得心在跳。若干年来没有得过一次奖，最起码的尾字奖也不曾轮到过我，只怪自己命小福薄。后来经高人指点，我才知道统一发票的持有人需将发票的号码剪下来贴在明信片上寄交某处，然后才有资格参加摇奖，这是在发票的下端印得明明白白，然而那两行字体特别小，怪我自己昏聩没有注意。可是统一发票带给我无数次的希望，无数次的失望，我并没有从此厌恶统一发票。相反的，统一发票帮过我一次大忙。我和菁清到一个饭店吃自助餐，餐毕付钱，侍者送来零头和发票。我们走到出口处就被人一把揪住了："怎么，没付账就走？"吃白食是我一辈子没想到要做的事。我没有辩白，拿出统一发票给他看。当场受窘的不是我。满脸通红的也不是我。奖券都不买，统一发票还兑什么奖？从此，发票一到手，一出商店门，便很快的把它投到应该投的地方去。

看样子，我是与奖无缘。

婚 礼

一般人形容一般的婚礼为"简单隆重"。又简单又隆重,再好不过。但是细想,简单与隆重颇不容易合在一起。隆是隆盛的意思,重是郑重的意思,与简单一义常常似有出入。烫金红帖漫天飞,席开十桌八桌乃至二三十桌,杯盘狼藉,嘈杂喧豗。新娘三换服装,作时装表演,正好违反了蔡邕"一朝之晏,再三易衣,从庆移坐,不因故服"的"女诫"。新郎西服笔挺,呆若木鸡。证婚人语言无味,介绍人嘻皮笑脸,主婚人形如木偶。隆则隆矣,重则未必,更不能算简单。

我国婚礼，自古就不简单。《礼记·昏义》："昏礼者，将合二姓之好，上以事宗庙，而下以继后世也，故君子重之。"传宗接代的事，所以要隆重。"是以昏礼纳采，问名，纳吉，纳徵，请期，皆主人筵席于庙，而拜迎于门外，入，揖让而升，听命于庙，所以敬慎重正昏礼也。"随后就是新郎亲迎，女家"筵几于庙"，婿揖让升堂，再拜奠雁。最后是迎妇以归，"共牢而食，合卺而酳[①]"，大事告成。这一套仪式，若干年来，当然有不少的修改，但是基本的精神大致未变，仍是铺张扬厉，仍是以父母为主体，以当事人为主要工具。男娶妇曰授室，女嫁夫曰于归。

民初以来所谓文明结婚的仪式，一直沿用到现在，其实不见得怎样文明。最令人不解的是仪式之中冒出来一个证婚人——多半是一个机关首长什么的，再不就是一位年高确实有征而德劭尚待稽考的人，他

[①] 卺，读 jǐn，古代婚礼上用作酒器的瓢。酳，读 yìn，吃东西后用酒漱口。共牢而食，合卺而酳，指共食一牲，共用一瓢。

的任务是宣读结婚证书，然后说几句空空洞洞的废话。从前有"新娘搀上床，媒人扔过墙"之说，如今则是证婚人等到大家用过印，就被人挟持扶下台。如果他运气好，会有人领他到铺红桌布的主要席次，在新郎新娘高据首席之下敬陪末座。否则下得台来，没有人理，在拥挤的席次之间彷徨逡巡一阵，臊不搭的只好溜走了事。若是婚后数日，男家家长带着儿子媳妇和一篮水果什么的到证婚人家中拜谢，那是难得一见的殊荣。

新娘由两个伴娘左右扶持也就够排场的了，但是近来还经常有人采用西俗，由女方男性家长（或代理家长）挟持着新娘，把她"送给"男方。而且还要按着一架破钢琴（或录音机）奏出的进行曲的节奏，缓缓的以蜗步走到台前。也有人不知受了什么高人导演，一步一停，像玩偶中的机器人一样的动作有节。为什么新娘要由男性家长"送给"人，而不由女性家长把她送出去？为什么新郎老早的就站在那里，等候接收新娘,而不是由家长挟持着把他"送给"新娘?究竟有无道理?

子曰:"礼,与其奢也宁俭。"是泛指一般的礼而言,当然也包括婚礼在内。在这里俭也就是简单的意思。西俗婚礼较为简单,但是他们有人还嫌不够简单。从前,苏格兰敦福利县春田乡附近有一个小村落格莱特纳(Gretna),离英格兰西北部的卡利尔只有八里,那个地方的结婚典礼既不需牧师主持,亦不必请领什么证书,更不要预告的那种手续,只要双方当事人对一位证人宣称同意结婚就行了。而那位证人通常是当地的铁匠。一时的私奔的男女趋之若鹜,号称为"格莱特纳草原结婚"(Gretna Green Marriages)。这风俗延至一八五六年才告终止。这方式简单之至,实在也没有什么不好,不晓得何以终于废弃。结婚是两个人的事,何需牧师参预其间。男女相悦,欲结秦晋之好,也没有绝对必要征求家长同意。必须要个证人,表示其非私奔,则乡村铁匠最为便当。从前一个乡村铁匠是当地尽人皆知的一个响当当的人物。在铁匠面前，三言两语把终身大事解决了，岂非简单之至？

听说美国近年来有所谓"快速结婚"。南卡罗来纳州迪朗市政府公证处设立了一个结婚礼堂，除耶诞节休息一日外，全年开放，周末还特别延长服务时间。凡年满十六岁男子与年满十四岁女子，无论来自何处，不需体检，不必验血，一律欢迎。只需家长同意，于二十四小时前申请，缴注册费四十元，公证处即派员主持结婚典礼，费时不超过五分钟。结婚人不必穿礼服，任何服装均可，牛仔裤、衬衫、工作服任听尊便。简单迅速，皆大欢喜。五分钟完成婚礼不一定就是不隆重，婚礼本不是表演给人观赏的。我国法院的公证结婚相当简单，不过也还要有一位法官行礼如仪，似嫌多事。那位法官所披的法衣，白领往往污黑，和新娘的白纱礼服不大相称。公证结婚之后，也曾有人再行大宴宾客，借用学校礼堂操场席开一二百桌，好像是十分风光，实则迹近荒唐，人人为之侧目。当然这种荒唐闹剧也不是完全没有道理的,有人估计,像这样的敬治喜筵可以收回为数可观的喜敬,用以开销尚有馀羡。此种行径,名曰"撒网",距离隆重之义何止十万八千里。

听说有人结婚不在教堂行礼,也不在家里或是餐厅里,而是在运动场里、滑冰场上、游览车中,甚至不在地面上而是在天空的飞机里面。地点的选择是人人有自由的,制造噱头也不犯法。成为新闻有人还很得意。

然则婚礼如何才能简单隆重?初步的建议是,做父母的退出主办的地位,别乱发请帖,因为令郎令媛的婚事别人并不感觉兴趣,在家里静静的等着抱孙子就可以了。至于婚礼,让小两口子自己瞧着办。

钥 匙

扃①门之锁曰钥,而启锁之器亦曰钥,二义易混,故又名后者为钥鍉。鍉音匙,今谓之钥匙。

大同之世夜不闭户,当然无需乎锁,从前人家,白昼都是大门敞开,门洞里两条懒凳,欢迎过往人等驻足小坐。到夜晚才关大门,门内有上下插关,此外通常还有一根粗壮的门闩,或竖顶,或横拦,就非常牢靠。只有人口少的小户人家,白天全家外出,门上才挂四两铁。

锁与钥匙最初的形式是简单而粗大,后来逐渐改

---

① 扃,读 jiōng,关门。

良,乃有如今精致而小巧的模样。西洋锁有悠久历史,古埃及和希腊都早有发明。晚近的耶鲁锁风行世界。锁与钥匙给人以种种方便,不仅可以扃门,钱柜、衣柜、书柜、货柜,都可以加锁。如果不嫌烦,冰箱、电视、抽屉、手提箱也可以加锁,甚而至于有一种日记本也有锁,藏情书珠宝的首饰箱也有锁。这种种方便,对于有意做贼的人却是不方便,而且对于主人有时也会引起不大不小的不方便。

最尴尬的情形之一是出门忘了带钥匙,而砰的一声弹簧锁把自己关在门外。我平均两年之内总有一次出这样的蠢事。我没有忘记自己健忘,我为自己建立良好的习惯,把一束钥匙常串着放在裤袋里,自以为万无一失。有时候换服装,忘了掏出裤袋里的钥匙,而家人均已外出,其结果是只好在门口站岗,常是好几小时。找锁匠来开门也不是可以立办之事。费时误事伤财之外还不能不深自责悔,急出一头大汗。人孰无过,但是屡犯同样过失,只好自承为蠢。记得有一回把自己关在家门外，急得团团转，好不容易请到一位锁匠，不料他向门上瞄了一眼便掉头而去，他说："这样的锁，没法开。"我这才发现我们的门锁有一点古怪，钥匙是半圆形的，钥匙孔也是半圆形的，不知是哪一国的新产品。在这尴尬的情况中有一点沾沾自喜，我有一具不容易被人盗开的锁。

有一种不需钥匙的锁，所谓暗码锁。挂锁上面有四排字，四四十六个字，全无意义相联，转来转去把预定的四个字联成一排，锁就可以打开。这种锁已成古董了。保险箱式的暗码锁则是左转几下，右转几下，再左转几下，再右转几下，锁恚然开。我曾有一个铝质衣柜就有暗锁，我怕忘了暗号，特把暗号写在日记本上。其实柜里没什么贵重东西，暗号锁的装置反倒启人疑窦。如果其中真有什么贵重东西，大力者负之而走，又将奈何？听说有一种锁设有电子装置，不需犬牙参差的钥匙，只要一个录有密码的磁带，插进去引动了锁中小小的电子发动机，锁自然开。如今西方许多家庭车房大门之遥控电锁，当是这种锁之又进一步的发明，人坐在车里，老远的一按钮，车门自然的于隆隆声中自启或自闭。最新的发明是既不用钥匙亦不用按钮，只要主人大喊一声，锁便能辨出主人的声音，呀然而启。想《天方夜谭》四十大盗之"芝麻，开门！芝麻，开门！"亦不过如是。这都是属于尖端科技之类，一般大众一时尚无福消受，我们只好安于一束束的钥匙之缠身的累赘。

我相信每个人抽屉里都有一大把钥匙，大大小小，奇形怪状，而且是年湮代远，用途不明。尤其是搬过几次家的人，必定残留一些这样的废物。这与竹头木屑不同，保存起来他日未必有用。

把钥匙分组系在一起不失为良好的办法。钥匙圈尚焉。虽说是小玩艺儿，但有些个制作巧妙，颇具匠心。我的钥匙圈十来个都是我的小宠物，还不时的添置新宠。常用的有下述几个：

一、照片框　心爱的照相两幅剪下装进框内。其中一幅少不得是我和白猫王子的合照。

一、英文字母　自己的姓氏第一个字 L，菁清的姓氏第一个字母 H。

一、铜铃一对　放在袋内，走路时哗铃哗铃响。

一、小刀　折刀很有用，裁纸削水果都用得着它。

一、指甲刀　指甲随时需要修剪，不可一日无此君。

一、小梳　有时候头发吹乱，小梳比五根手指有用。

一、饼干　方方的一块梳打饼干，微有烤焦斑痕，秀色可餐。

一、红中　一块红中麻将牌，可能是真的，角上穿孔系链。虽无麻将瘾，看了也好玩。

一、钱包　可以容纳硬币十枚八枚，打电话足够用。

花样繁多，不备载。

铜　像

有人提议在某处山头给孔老夫子建立一座铜像，要高要大，至少在五丈以上，需一亿圆左右的铜，否则配不上这位"德侔天地，道冠古今"的伟大人物。还有人出花招，铜像中空，既省料，兼可设梯于其中，缘梯而上，可以登高瞩远。又有人说话了："不行。这样大的铜像，要遮住附近好几个人家的阳光。""不行！那一带常有酸雨，铜像不久就要被腐蚀。"议论纷纷。

孔子生于周灵王二十一年，西历纪元前五五一年，距今二千五百多年，后裔递嬗至今第七十七代，受到历代君王士庶的敬礼。曲阜孔林占地二平方公里,衍圣公府拥有房屋四百六十余间,孔子墓碑有"大成至圣文宣王墓"几个篆字,但是不曾听说在什么地方有孔子铜像。孔子画像我们辗转约略看到的也只有晋顾恺之所绘的像,和唐吴道子所绘的像而已。据说曲阜孔庙大成殿原来奉孔子塑像,早不复存,无可考。

记得我小时候,宣统年间,初上一家私立小学,开学之日,提调①莅临,率领一群员生在庭院中对着至圣先师的牌位行三跪九叩礼,起来之后拍拍膝头的尘土,这就是开学典礼了。孔子是什么模样,毫无所知,为什么要给他三跪九叩我也不大明白,现在我们见到的孔德成先生,方面大耳,仪表堂堂(最近减食显得清癯一些),也许可以想见他七十七代远祖当年"温而厉,威而不猛,恭而安"的风度。虽未见过孔子铜像,但是隐隐然在我心中却有一个可敬的印象。如果有人给他塑一个像,是否与我心中印象相合,我不敢说。

---

① 负责指挥调度的人。

民初兴起过一阵子孔教会的活动，我的学校里一方面有基督教青年会，有查经班，另一方面就有孔教会。我参加了孔教会的阵营，当时的活动限于办刊物，举行演讲，为工友及贫民儿童开补习班。五四以后，怀疑之风盛起，对于"孔教"的信仰不免动摇，不久孔教会缺乏支援也就烟消火灭了。奇怪的是，从来没有人想起为孔子立个铜像，甚至于连一个木质的牌位也没有设立。也许幸亏大家不曾到处为孔子立铜像，否则后来"土法炼钢"那一浩劫未必能逃得过。

孔子不是没有幽默感的人。《孔子家语》：

> 孔子适郑，与弟子相失，独立东郭门外，或人谓子贡曰："东门外有一人焉，其长九尺有六寸，河目隆颡，其头似尧，其颈似皋繇，其肩似子产，然自腰已下不及禹者三寸，累然如丧家之狗。"子贡以告，孔子欣然而叹曰："形状未也。如丧家之狗，然乎哉，然乎哉。"

这一段记载非常传神。孔子是大高个子，长脸。和弟子们走失了路，独立东郭门外，忧形于色，累然如丧家之狗。"丧家狗"如今是骂人的话，可是孔子听了欣然而叹说："对极了，对极了。"我们如今要是为孔子立铜像，当然只要那副九尺六寸的魁梧身躯，岸然道貌，不会让他带有几分生于乱世道不得行的忧时的气象。

美国西雅图的大学附近有一家日本杂货店，卖稻米、豆腐、瓷器，以及台湾制的蒸笼屉等，后门外有一小块空地作停车场，壁上用英文大书："孔子曰：'凡非本店顾客，请勿在此停车。'"这位日本老板很有风趣，虽然是开玩笑，但没有恶意，没有侮辱圣人之意。我们从他的这场玩笑，可以看出若是把孔子当作一个偶像看待，那是多么令人发噱的事。给孔子建五丈多高的铜像，纯然出于敬意，但也近于偶像崇拜，如果征求孔子同意，我想他必期期以为不可。

计程车

观光客（包括洋人与华裔洋人）来此观光，临去时，有些人总是爱问他们有何感想。其实何需问。其感想如何，我们早已耳熟能详，其中有一项几乎是每人都会提到的："交通秩序太乱，计程车横冲直撞，坐上去胆战心惊。"言下犹有余悸的样子。我们听了惭愧。许多国家都比我们强，交通秩序井然，开车的较有礼貌。但是，我们自己的国家究竟是我们自己的国家。

尽管我们的计程车不满人意，但不要忘记计程车的前一代的三轮车，更前一代的人力车。居住过上海租界的人应能记得，高大的外国水兵翘起腿坐在人力车上，用一根小木棒敲着飞奔的人力车夫的头，指挥他左转右转，把人当畜牲看待，其间可有丝毫礼貌？居住过重庆的人应能记得，人力车过了两路口冲着都邮街大斜坡向东急行，猛然间车夫为了省力将车把向上一扬，登时车夫悬吊在半空中，两脚乱蹬而不着地，口里大喊大叫，名曰"钓鱼"，坐在车上的人犹如御风而行，大气都不敢喘，岂只是胆战心惊？三轮脚踏车，似乎是较合于人道，可是有一阵子我每日从德惠街到洛阳街，那段路可真不短，有一回遇到台风放雨尾，三轮车好像是扯着帆逆风而行，足足走了将近两个小时，进退不得，三轮车夫累个半死。如今车有四轮，而且马达代替人工，还不知足？

不知足才能有进步。对。不过进步是要一步一步走的，否则便是"大跃进"了。不会走，休想跳。要追赶需从后面加紧脚步向前赶，"迎头赶上"怕没有那样的便宜事。

外国的计程车大抵都是较高级的车，钻进去不至于碰脑袋，坐下来不至于伸不开腿，走起来平平稳稳，不至于蹦蹦跳跳。即使不是高级车，多数是干干净净的。开车的人衣履整齐，从没有赤脚穿拖鞋或是穿背心短裤的。但是他们的计程车并不满街跑，不是招手就来的。如果大清早到飞机场，有时候还需前一晚预约，而且车资之高，远在我们的之上。初履日本东京的人，坐计程车由机场到市内，看着计程表由一千两千还往上跳，很少人心脏不跟着猛跳的。我们的计程车，全是小型低级的，且不要问什么自制率，就算它是国货吧，这不足为耻（我们有的是高级大轿车，那是达官巨贾用的，小民只合坐小车）。一个五尺六寸高的人坐在车里，头顶就会和车顶摩擦。车垫用手一摸，沙楞楞的全是尘土，谁知道哪里来的这么多灰尘。不过若能佝偻着身子钻进车厢，拳着腿坐下，这也就很不错了。我们的计程车会进步的，总有一天会进步到数目渐渐减少，价格渐渐提高到大家坐不起而不得不自己买车开车，现在计程车满街跑，应该算是畸形的全盛时代，不会久。

计程车司机劫财施暴的事偶有所闻，究竟是其中的极少数。我个人所遇到的令人恼火的司机只有下述几个类型。长头发一脸渍泥，服装不整。当然士大夫也有囚首垢面的，对计程车司机也就不必深责。曾经有一阵子要司机都穿制服，若要统一服装，没有希特勒一般的蛮干的力量能办得通么？有时候他口里叼着一根纸烟开车，风吹火星直扑后座，我请他不要吸烟，他理都不理，再请求他一遍他就赌气把烟向窗外一丢，顺势啐一口，唾沫星子飞到我脸上来。又有些个雅好音乐，或是误会乘客都是喜欢音乐的，把音响开得震耳欲聋（已经相当聋的也吃不消），而所播唱的无非是那些靡靡之音。我请他把声音放小一些，他勉强从命，老大不愿意的做象征性的调整，我请他干脆关掉，这下子他可光火了，他说："这车子是我的！"显然的他忘记了付车资的人暂时也有一点权利可以主张。但是我没有作声,我报以"沉默的抗议"。更有一回,司机以为我是人生地不熟的外来客,南辕北辙的大兜圈子。我发现有异,加以指正。他恼羞成怒,立刻脸红脖子粗,猛踩油门,突转硬弯,在并不十分空荡的路面上蛇行急驶,遇到红灯表演紧急刹车。我看他并没有与我偕亡的意思,大概只是要我受一点刺激,紧张一下而已。为了使他满足,我紧握把手,故作紧张状,好像是准备要和他同归于尽的样子。遇到这样的事,无需惊异,天下是有这等样的人,不过偶然让我遇到罢了。从前人说,同搭一条船便是缘。坐计程车,亦然。遇上什么样的司机也是前缘注定,没得说。

绝大多数司机是和善的。尤其是年纪比较大些的,胖胖墩墩的,一脸的老实相,有些个还颇为健谈。

"老先生哪里人呀?"

"北平。"

"我一听就知道啦。"

"您高寿啦？"

"还小呢，八十出头。"

"喝！"他吓一跳，"保养得好！"

就这样攀谈下去，一直没个完，到我下车为止。更有些个善于看相，劈头就问：

"您在什么地方上班？"

我没作声。他在返光镜中再瞄我一眼，自言自语的说："不像是做官的。"我哼了一声。他又补充一句："也不像做买卖的。"他逗起了我的好奇，我就反问：

"你说我像是干什么的呢？"

"大约是教书的吧？"我听到心头一凛，被他一语摸清了我的底牌。退休了二十年，还没有褪尽穷酸气。

又有一次我看见车里挂着一张优良驾驶奖状，好像是说什么多少年未出事故。我的几句赞扬引出司机的一番不卑不亢的话："干我们这一行的，唉，要说行车安全，其实我们只有百分之五十的把握，"说到这里话一顿,他继续说,"另外百分之五十是操在别人手里。"我深韪其言,其实无论干哪一行,要成功当然靠自己,然而也要看因缘。

鬼

我不信有鬼，除非我亲眼看见鬼。

有人说他亲眼见过鬼，但是我不信他说的话。也许他以为他看见了鬼，其实那不是鬼，杯弓蛇影，一场误会。也许他是有意捏造故事，鬼话连篇，别有用心。

更多的人说，他自己虽然没有见过鬼，可是他有一位亲近而可信赖的人确实见过鬼，或是那亲近而可信赖的人他又有一位亲近而可信赖的人确实见过鬼，言之凿凿，不容怀疑。他不是姑妄言之，而我却是姑妄听之。我不信。

英国诗人雪莉在牛津时作《无神论之必然性》，否认上帝之存在，被学校开除。他所举的理由我觉得有一项特别有理。他说，主张上帝存在的人，应该负起举证的责任，证明上帝存在，不应该让无神论者举证来证明上帝不存在。我觉得此一论点亦适用于鬼。谁说有鬼，谁就应该举证，而且必须是客观具体确实可靠的证据，转口传说都不算数。

王充《论衡》之《论死》《订鬼》诸篇，亟言"人死不为鬼"，"凡天地之间有鬼，非人死精神为之也，皆人思念存想之所致也"。王充是东汉人，距今约二千年，他所说的话虽然未能全免阴阳五行之说的习气，但在那个时代就能有那样的见识，实在难能可贵。他说："夫为鬼者，人谓死人之精神。如审鬼者，死人之精神，则人见之，宜徒见裸袒之形，无为见衣带被服也。……"这话有理，若说人死为鬼，难道生时穿着的衣服也随同变为鬼？

我不信有鬼，但若深更半夜置身于一个阴森森的地方，纵无鬼影幢幢，鬼声啾啾，而四顾无人，我也会不寒而栗。这是因为从小听到不少鬼故事，先入为主，总觉得昏黑的地方可能有鬼物潜伏。小时候有一阵子，我们几个孩子每晚在睡前挤在父亲床前，听他讲一段《聊斋》的鬼狐故事。《聊斋》的笔墨本来就好，经父亲绘影绘声的一讲，直听得我们毛发倒竖。我知道那是瓜棚豆架野老闲聊，但是小小的心灵里，从此难以泯尽鬼物的可怕的阴影。

虽然我没有"雄者吾有利剑，雌者纳之"那样的豪情，我并不怕鬼。如果人死为鬼，我早晚也是一鬼，吾何畏彼哉？何况还有啖鬼的钟馗为人壮胆？我在清华读书的时候，有一次冬寒之夜偕二三同学信步踱出校门购买烤白薯，时月光如水，朔风砭骨，而我们兴致很高，不即返回宿舍，竟觅就近一所坟园，席地环坐，分食白薯。白杨萧萧，荒草没径，我们不禁为之愀然，食毕遂匆匆离去。然亦未见鬼。

在青岛大学，同事中有好事者喜欢扶乩，尝对我说李太白曾经降坛，还题了一首诗。他把那首诗读给我听，我就不禁失笑，因为不仅词句肤浅，而且平仄不调，那位诗鬼李太白大概是仿冒的。不过仿冒归仿冒，鬼总是鬼。能见到一位诗鬼题一首不够格的歪诗，也是奇缘，我就表示愿意前去一晤那位鬼诗人。他欣然同意，约定某日的一夜，那一天月明风清，我到了他住的第八宿舍，那地方相当荒僻，隔着一条马路便是一片乱葬岗。他取出沙盘、焚香默祷，我们两人扶着乩笔，俄而乩笔动了。二人扶着乩笔，难得平衡，乩笔触沙，焉有不动之理？可是画来画去，只见一团乱圈，没有文字可循。朋友说："诗仙很忙，怕是一时不得分身。现在我们且到马路那边的乱葬岗，去请一位闲鬼前来一叙。"我想也好，只要是鬼就行。我们走到一座墓前，他先焚一点纸钱，对于鬼也要表示一点小意思。然后他又念念有词，要我掀起我的长袍底摆，作兜鬼状，把鬼兜着走回宿舍。我们再扶乩，乩笔依然是鬼画符，看不出一个字。我说这位鬼大概不识字。朋友说有此可能，但是他坚持"诚则灵"的道理，他怪我不诚。我说我不是不诚，只是没有诚到盲信的地步。他有一点愠意，最后说出这样的一句："神鬼怕恶人。"鬼不肯来，也就罢了，我不承认我是恶人。我无法活见鬼而已。

我的舅父在金华的法院任职很久，出名的廉明方正，晚年茹素念佛，我相信他不诳语。有时候他公事忙，下班很晚，夜间步行回家，由一个工人打着灯笼带路。走着走着，工人趑趄不前，挤在舅父身边小声说："前面有鬼！"这时候路上还有别的行人。工人说："你看，那一位行人就要跌跤了，因为鬼正预备用绳索绊倒他。"话犹未了，前面那位行人扑通一声跌倒在地。舅父正色曰："不要理会，我们走我们的路。"工人要求他走在前面，他打着灯笼紧随在后。二人昂然走过，亦竟无事。这样的事发生不止一次，舅父也觉得其事甚怪。我有疑问，工人有何异禀，独能见鬼，而别人不能见？鬼又何所为，作此促狭之事，而又差别待遇择人而施?我还是不信有鬼。

　　鬼究竟是什么样子?也许像"乌盆计"①或"活捉三郎"②里的那个样子吧?也许更可怕,青面獠牙,相貌狰狞。哈姆雷特看见他父王的鬼,并不可怕,只是怒容满面,在舞台上演的时候那个鬼也只是戎装身上蒙一块白布什么的。人死为鬼,鬼的面貌与生时无殊。吊死鬼总是舌头伸得长长的,永远缩不回去。我不解的是:人是假借四大以为身,一死则四大皆空,面貌不复存在,鬼没有物质的身躯,何从保持其原有相貌?我想鬼还是在活人的心里。疑心生暗鬼。

---

① 乌盆计,源自《三侠五义》,讲刘世昌被害后,魂魄附在乌盆中,经过种种经历,得以复仇的故事。
② 活捉三郎,源自《水浒传》。宋江外室阎惜姣与三郎张文远相好,宋江怒杀阎惜姣,惜姣魂魄不甘寂寞,来阳间活捉三郎张文远。

好 汉

从前北平每逢囚犯执行死刑之前,照例游街示众,囚犯五花大绑,端坐大敞车上,背上插着纸标,左右前后都有士兵簇拥,或捧大令,或持大刀,招摇过市,直赴刑场。刑场早先在菜市口,到了民国改在天桥。沿途有游手好闲的人一大群,尾随着囚车到天桥去看热闹。押着死囚去就戮,这一行叫做"出大差",又称"出红差"。

我从未去过天桥,可是在路上遇见过出大差的场面。囚犯面色如土,一副股栗心悸的样子,委实令人看了心伤,不过我们也只能报以一声叹息。有些囚犯,犯了滔天大罪，而犹强项到底，至死不悔，对着群众大吼大叫："这算不了什么，过二十年又是一条好汉！大家给我捧个场吧！"于是群众就轰然的齐声报以"好！"囚犯脸上微微露出一抹苦笑。他以好汉自命，还想下一辈子投生为人，再度作违法乱纪的勾当，再充好汉。群众报以一声好，隐隐含着一点同情的意思。好像是颇近于匪徒杀人伏法之后，还有人致送"宁死不屈""天妒英才"之类的挽幛一般。

一般的说法，仗义任侠的人才算是好汉。《水浒传》二十一回："江湖上久闻他是个及时雨宋公明——是个天下闻名的好汉。"宋江算不算得好汉，似乎值得研讨。说他及其一伙是江湖上的好汉，大致是不错的。他在浔阳楼上醉后题反诗，有什么"他年若遂凌云志，耻笑黄巢不丈夫"之句，口气好大，就不仅是仗义任侠，他想造反，并且想要和黄巢较量一下杀人的纪录。造反不一定就是错，"官逼民反"的时候多半错在官。造反而能有宗旨，有计划，有气度，若是成功便是王侯，败就是贼。如果仅是激于义愤，杀人放火，不择手段，不计后果，虽然打着"替天行道"的幌子，最多只能算是江湖上的好汉。然而江湖好汉亦不易为，盗亦有道，好汉也有他一套的规律。宋江自有他不可及处，至少他个人不大贪财。弄到大笔财物之后大家分，他并不独吞，所以不发生分赃不均或黑吃黑的情事。大块肉，大碗酒，大家平起平坐，谁也没有贵宾卡。

英国有一套传统的有关罗宾汉的歌谣。据说罗宾汉是个亡命徒，精于射箭，藏身在森林之中，神出鬼没，玩弄警长于股掌之上，但是他有义气，他劫富济贫，他保护妇孺，有些像是我们所熟悉的江湖好汉。但是这一伙强人并无大志，一味的乐天放肆，和官府豪富作对，吐一口胸中闷气而已。有人说罗宾汉根本无其人，是好事者诌出来的故事，但是也有人说确有其人，本来是亨丁顿伯爵，化名为罗宾汉，据说他被人陷害之后，墓地还有一块石碑，写明死期是一二四六年十二月二十四日。无论如何，罗宾汉算是好汉。

我国古时有较为高级而且正派的好汉。《旧唐书》卷八十九《狄仁杰传》，有这样一段：

> 则天尝问仁杰曰："朕要一好汉任使，有乎？"
>
> 仁杰曰："陛下作何任使？"
>
> 则天曰："朕欲待以将相。"
>
> 对曰："臣料陛下若求文章资历，则今之宰臣李峤、苏味道，亦足为文吏矣。岂非文士龌龊，思得奇才，用之以成天下之务者乎？"
>
> 则天悦曰："此朕心也。"
>
> 仁杰曰："荆州长史张柬之，其人虽老，真宰相才也。且久不遇。若用之，必尽节于国家矣。"
>
> 则天……后竟召为相。柬之果能复兴中宗……

武则天虽然有些地方不理于人口,但是她知人善任,她想求一好汉任使,使为将相,而且她肯听狄仁杰的话!能"成天下之务"的奇才,才算是好汉。这种好汉不但志节高超,远在任侠使气的好汉之上,亦非器量局狭拘于小节的"龌龊"文士所能望其项背。但是这种好汉也要风云际会才能有所作为。

我们现在心目中的好汉,其标准不太高。俗语说:"好汉不怕出身低。"这句话有多方面的暗示,其中之一是挑筐卖菜者流只要勤俭奋发,有朝一日,也可能会跻身于豪富之列。如果他长袖善舞,广为结纳,也可成为翻云覆雨炙手可热的好汉。凡是能屈能伸,欺软怕硬、顺风转舵、蝇营狗苟的人,此人也常目之为好汉,因为"好汉不吃眼前亏"。时来运转,好汉也有惨遭挫败的时候,他就该闭关却扫,往日的荣华不必再提,因为"好汉不提当年勇",如果觉得筋斗栽得冤枉,也不必推诿抱怨,因为"好汉打落牙,和血吞"。好汉固当如是。无论就哪一个层面上讲，好汉应该是特立独行敢做敢当的顶天立地的一条汉子。"富贵不能淫，贫贱不能移，威武不能屈"。

球 赛

凡是球赛都多少具有一些战斗意味。双方斗智斗力斗技，以期压倒对方，取得胜利。人，本有好斗的本能，和其他的动物无殊。发泄这种本能之最痛快的方法，莫如掀起一场战争。攻城略地，血流漂杵[①]，一将成名万骨枯，代价未免太大。如果把战斗的范围缩小，以一只球作为争夺的对象之象征，而且制订时间，时间一到立刻鸣金收兵，画定规则，犯规即予惩罚不贷，这样一来则好勇斗狠的本能发泄无遗，

---

① 杵，读 chǔ，古代战车上用的一种长杆兵器。血流漂杵，指血流成河，长杆兵器都漂起来了。

而好来好散,不伤和气。所以球赛之事,到处盛行。球赛不仅是两队队员在拼你死我活,还一定包括奇形怪状如中疯魔的啦啦队,以及数以千计万计摇旗呐喊的所谓球迷,是集体的战斗行动。

年轻人戒之在斗,年轻人就是好斗。但是也不限于年轻人。自己不斗,斗鸡、斗蟋蟀、斗鹌鹑也是好的,看赛狗赛马也很过瘾。就是街上狗打架,也会引来一圈人驻足而观。何况两队精挑细选的赳赳壮汉,服装鲜明,代表机关团体,堂堂的进入场地对决?

球赛之事,学校里最盛行。我在小学念书的那几年就常在上体操的时候改为踢足球。一班分为两队。不过一切都很简陋。有球场但是没有粉灰界限,两根竹竿插地就算是球门,皮球要用口吹气,后来才晓得利用脚踏车的唧筒。无所谓球鞋,冬天穿的大毛窝最适用。有时候一脚踢出去,皮球和大毛窝齐飞。无所谓制服,其中一队用一条红布缠臂便足资识别。无所谓时限,摇铃下课便是比赛终了。无所谓前锋后卫，除了门守之外大家一窝蜂。一个个累得筋疲力竭汗流浃背，但是觉得有趣。在没有体育课的时候，也会三三五五的聚在一起，找个小橡皮球，随地踢踢也觉得聊胜于无。

我进入清华，局面不同了。想踢球，天天可踢。而且每逢周末，常有校外的球队来赛球，或篮球或足球。校际比赛，非同小可，好像一场球赛的输赢，事关校誉。我是属于一旁呐喊的一群，两只拳头握得紧紧的，直冒冷汗。记得有一次南方来了一支足球劲旅，过去和清华在球上屡次见过高低，这回又来挑衅，旧敌重逢，分外眼红。清华摆出的阵式：前锋五虎，居中是徐仲良、左姚醒黄、右关颂韬、右翼华秀升、左翼小邝（忘其名）、后卫李汝祺、门守陆懋德等。这一场鏖战，清华赢了，结果是星期一全校放假一天，信不信由你，真有这种事。更奇怪的事，事隔约七十年，我还记得，印象之深可想。篮球赛也是一样的紧张刺激。记得城里某校的球队实力很强，是清华的劲敌，其中有一位特别的刁钻难缠，头额上常裹一条不很干净的毛巾，在乱军之中出出入入，一步也不放松，非达到目的不止，这位骁将我特别欣赏，不知其姓名，只听得他的伙伴喊他做"老魏"。老魏如仍健在，应该是九十岁左右了。

球场里打球，有时候也会添一段余兴作为插曲，于打球之外也打人。球员争球，难免要动肝火，互挥老拳，其他的队员及啦啦队球迷若是激于"团队精神"，一齐进场参战，一场混战就大有可观了。英国人讲究"运动员精神"，公平竞技，而有礼貌，尤其是要输得起，不失君子风度。这理想很高，做起来不易。不要相信英国人个个都是绅士。最近一大群英国球迷在布鲁塞尔球场上大暴动，在球赛尚未开始就挤倒一堵墙，压死好几十意大利球迷，英国方面只阵亡一人，于球迷混战之中大获全胜。这是什么"运动员精神"！比较起来，前不久北平香港足球之战，北平球迷在输了球之后见外国人就打，见汽车就砸，尚未闹出命案，好像是文明多了。

"君子无所争，必也射乎！"就是射也有一套射礼。"揖让而升，下而饮，其争也君子。"这是孔子说的话（见《礼记》四十四"射义"），"射求正诸己，己正然后发，发而不中，则不怨胜己者，反求诸己而已矣"。如果球赛中，输的一方能"不怨胜己者"，只怪自己技不如人，那么就不会有何纷争，像英国球迷之类的胡闹也永不会发生。我们中国古代有所谓"蹴鞠"，近于今之足球。刘向《别录》："蹴鞠者，传言黄帝所作，或曰起战国时。"《文献通考》："蹴球，盖始于唐。植两修竹，高数丈，络网于上为门以度球。球工分左右朋，以角胜负。岂非蹴鞠之变欤？"《水浒传》里也提到宋朝"高俅那厮，蹴得一脚好球"。可见足球我们古已有之，倒是史乘中尚未见过像英国球迷那样滋事的丑态。

据传说李鸿章看了外国人打篮球，对左右说："那么多人抢一只球，累成那样子，何苦！我愿买几个球送给他们，每人一只。"不管这故事是否可靠，我们中国人（至少士大夫阶级）不大好斗，恐怕是真的。可是他还没见到美国足球比赛，他看了会觉得像是置身于蛮貊之乡。比赛前夕照例有激励士气的集会(pep meeting)，月黑风高之夜，在旷野燃起一堆烽火，噼噼啪啪的响，球员手牵着手，围绕着熊熊烈火又唱又跳又吼，火光把每个人的脸照得狰狞可怖杀气腾腾。印第安人出战前夕举行的仪式，大概就是这个样子。翌日比赛开始，一个个像是猛虎出柙，一个人抱着球没命的跑，对方的人就没命的追，飞身抱他的大腿，然后好多好多的人赶上去横七竖八的挤成一堆。蚂蚁打仗都比这个有秩序！

偏 方

一位酱油公司的老板，患有风湿和糖尿的病症，听信日本人的偏方，大吃螺肉寿司，结果全家五口染上病毒，并且殃及友人和司机。目前已有两位不治！老板本人尚在病榻上挣扎，其夫人已有一目失明（后来还是死了）。病从口入，没有什么稀奇，想不到有人会生吃螺肉，蘸上一点芥末硬往口里塞。

何谓偏方？凡非正式医师所开之非正常的药方，或非正常的治疗方法，皆是偏方。医师本无包治百病的能力，许多病症不是药石所能奏效的。病家情急乱投医，仍然不见起色，往往就会采纳热心而又好事的人所献的偏方。姑且一试，死马当活马医。而且偏方所用药物多属寻常习见，性非酷烈，所以大概是有益无损。毛病就常出在这有益无损上。

自从燧人氏钻木取火，我们老早就脱离了茹毛饮血的阶段而知道熟食，奈何隔了数千年仍不能忘情于吃生鱼、生虾、生蟹、生螺？说吃生螺能治风湿糖尿，如果有医学的根据，至少应该注意到其中有无寄生的虫类。何况风湿糖尿现在尚无"根治"的方法，一个偏方就能治病，天下有此等便宜事！笔者患糖尿久矣，风湿亦时常发作。针灸对于神经系统的疾病确有或多或少的功效，有理论、有实验，不算是偏方。糖尿在我们中国有悠久历史，自从文园病渴，迄今好几千年，实际上没有方法可以根治。凡是说可以根治的，都是不负责的夸张语。至于偏方更是无稽之谈了。有一位素不相识的人，远道辱书，附带寄来一包药草，据他说是母亲亲自上山采集的药草，专治糖尿。这一包无名的药草，黑不溜秋，半干半软，教我如何敢于煎服下肚？我只好复书道谢，由衷的道谢。又有一位熟识的朋友，膀大腰圆，一棒子打不倒，自称是偏方专家，可以活到一百二十岁（结果打了六折），听说我患糖尿，便苦口婆心的劝我煎玉蜀黍须，代茶饮，七七四十九天，就会霍然而愈。看我迟迟没有照办，便自己弄来一大包玉蜀黍须送上门，逼我立刻煎汤，看着我咕嘟咕嘟的喝下一大碗，他才扬长而去。玉蜀黍须做汤，甜滋滋的，喝下去真真是有益无损，但是与糖尿似乎是风马牛。

有些偏方实在偏得厉害，匪夷所思。匐行疹是一种皮肤病，患者腰际神经末梢发炎，生出一串的疱疹，有时左右各一串，形似合围之势，极为痛疼。西医无法处理，只能略施镇定解痛之剂，俟其自行复元。此地中医某，有秘方调制药粉，取空心菜（即瓮菜）砸成泥，加入药粉混拌，有奇效。但是又流行一个偏方，就离奇得可笑了，其法是以毛笔蘸雄黄酒，沿着患处写一行字："斩白蛇，起帝业，高祖在此。"

匍行疹俗名转腰龙,龙蛇本相近,汉高祖是赤帝子,赤帝子斩白帝子,一物降一物。雄黄为五毒药之一,蛇为五毒虫之一,以毒攻毒,自然攻无不克,无知的人听起来好像入情入理!

某公得怪病,食不下咽,睡不得安,面黄肌瘦,形容枯槁,摇摇晃晃,气若游丝。服用维他命,注射荷尔蒙,投以牛黄清心丸,猛进十全大补汤,都不见效。不知他从哪里搜得偏方,吃产妇刚刚排出的胞衣,越新鲜的越好(中药"紫河车"是干燥过的胎盘,药力差)。于是奔走于妇产科医院,每天都能如愿以偿,或清炖,或红烧,变着花样享用,滋味如何只有他自己知道。说也奇怪,吃了三十多个胞衣之后,病乃大瘥。究竟其间有无因果关系,谁知道。任何病症,不外三种结果:一个是不药而愈,一个是药到病除,一个是医药罔效。胞衣这个偏方有无功效,待考。

记不得是治什么病的一个偏方,喝童子便。最好是趁热喝。按:人的排泄物列入本草的有"人中黄""人中白"二味。《本草·人屎》："腊月截淡竹，去青皮，浸渗取汁，治天行热疾中毒，名粪清。浸皂笺甘蔗，治天行热疾，名人中黄。"《本草·溺白垽》："滓淀为垽，此乃人溺澄下白垽也，以风久日干者为良。"一曰取汁，一曰风久，究竟不是要人大嘴吃屎大口喝溺，童子便则是直接取饮，人非情急，恐怕未肯轻易尝试。

有些偏方比较简单易行。不知是什么人的发现，蛇胆可以明目。捕蛇者乃大发利市。市上公开宰蛇，取出蛇胆，纳小酒杯中，立刻就有顾客仰着脖子囫囵吞了下去，围观者如堵。又有人想入非非，根据吃什么补什么的原理，喜食牛鞭，生鲜的牛鞭，当中剖开切成寸许断片，细火高汤清炖，片片浮在表面。曾在某公宴席上看到这一异味，我未敢下箸，隔日问同席猛吃此物的某君有无特别感受，他说需要常吃才行，偶吃一次不能立竿见影。

患痔的人很多，偏方也就不少。有人扬言每天早起空着肚子吃两枚松花皮蛋，有意想不到之效力。

可惜难得有人持之以恒，更可惜无人作实验的统计或药理的分析。假如皮蛋铅分过多，就令人望而生畏，治一经损一经，划不来。

伤风寻常事，也有偏方不离吃的范围。据说常吃鸡尖，即鸡的尾端翘起处，包括不雅的部位及其附近一带，一咬一汪子油，常吃即可免于伤风的感染。有此一说，信不信由你。又有人说土鸡炖柠檬同样有效。

我无意把所有偏方一笔抹煞。当初神农尝百草，功在万世，传说他有一个水晶肚子。偏方未尝不可一试，愿试者尽管试。不过像华佗的漆叶青黏散，据说"久服可以去三虫利五脏，轻体，使人头不白"，我还是不敢试。

窝 头

窝窝头，简称窝头，北方平民较贫苦者的一种主食。贫苦出身者，常被称为啃窝头长大的。一个缩头缩脑满脸穷酸相的人，常被人奚落，"瞧他那个窝头脑袋！"变戏法的卖关子，在紧要关头停止表演向围观者讨钱，好多观众便哄然逃散，变戏法的急得跳着脚大叫："快回家去吧，窝头糊啦！"（糊是烧焦的意思）坐人力车如果事前未讲价钱，下车付钱，有些车夫会伸出朝上的手掌，大汗淋漓的喘吁吁的说："请您回回手，再赏几个窝头钱吧！"

总而言之，窝头是穷苦的象征。

到北平观光过的客人，也许在北海仿膳吃过小窝头。请不要误会，那是噱头。那小窝头只有一吋高的样子，一口可以吃一个。据说那小窝头虽说是玉米面做的，可是羼了栗子粉，所以松软容易下咽。我觉得这是拿穷人开心。

真正的窝头是玉米做的，玉米磨得不够细，粗糙得刺嗓子，所以通常羼黄豆粉或小米面，称之为杂和面。杂和面窝头是比较常见的。制法简单，面和好，抓起一团，翘起右手大拇指伸进面团，然后用其余的九个手指围绕着那个大拇指搓搓捏捏使成为一个中空的塔，所以窝头又名黄金塔。因为捏制时是一个大拇指在内九个手指在外，所以又称"里一外九"。

窝头是要上笼屉蒸的，蒸熟了黄澄澄的，喷香。有人吃一个窝头，要赔上一个酱肘子，让那白汪汪的脂肪陪送窝头下肚。困难在吃窝头的人通常买不起酱肘子，他们经常吃的下饭菜是号称为"棺材板"的大腌萝卜。

据营养学家说，纯粹就经济实惠而言，最值得吃的食物盖无过于窝头。玉米面虽非高蛋白食物，但是纤维素甚为丰富，而且其胚芽玉米糁的营养价值极高，富有维他命B多种，比白米白面不知高出多少。难怪北方的劳苦大众几乎个个长得比较高大粗壮，吃粗粮反倒得福了。杜甫诗："百年粗粝腐儒餐"，现在粗粝已不再仅是腐儒餐了，餍膏粱者也要吃糙粮。

我不是啃窝头长大的，可是我祖父母为了不忘当年贫苦的出身，在后院避风的一个角落里砌了一个一尺多高的大灶，放一只头号的铁锅，春暖花开的时候便烧起柴火，在笼屉里蒸窝头。这一天全家上下的晚饭就是窝头、棺材板、白开水。除了蒸窝头之外，也贴饼子，把和好的玉米粉抓一把弄成舌形的一块往干锅上贴，加盖烘干，一面焦。再不然就顺便蒸一屉榆钱糕，后院现成的一棵大榆树，新生出一簇簇的榆钱，取下洗净和玉米面拌在一起蒸，蒸熟之后人各一碗，浇上一大勺酱油麻油汤子拌葱花，别有风味。我当时年纪小，没能懂得其中的意义，只觉得好玩。现在我晓得，大概是相当于美国人感恩节之吃火鸡。我们要感谢上苍赐给穷人像玉米这样的珍品。不过人光吃窝头是不行的，还要需要相当数量的蛋白质和脂肪。

自从宣统年间我祖父母相继去世，直到如今，已有七十多年没尝到窝头的滋味。我不想念窝头，可是窝头的形象却不时的在我心上涌现。我怀念那些啃窝头的人，不知道他们是否仍像从前一样的啃窝头，抑是连窝头都没得啃。前些日子，友人贻我窝头数枚，形色滋味与我所知道的完全相符，大有类似"他乡遇故人"之感。

贫不足耻。贫乃士之常，何况劳苦大众。不过打肿脸充胖子是人之常情，谁也不愿在人前暴露自己的贫穷。贫贱骄人乃是反常的激愤表示，不是常情。原宪穷，他承认穷，不承认病，其实就整个社会而言，贫是病。我知道有一人家，主人是小公务员，食指众多，每餐吃窝头，于套间进食，严扃其门户，不使人知。

一日，忘记锁门，有熟客来排闼直入，发现全家每人捧着一座金字塔，主客大窘，几至无地自容。这个人家的子弟，个个发愤图强，皆能卓然自立，很快的就脱了窝头的户籍。

北方每到严冬，就有好心的人士发起窝窝头会，是赈济穷人的慈善组织。仁者用心，有足多者。但是嗟来之食，人所难堪，如果窝窝头会，能够改个名称，别在穷人面前提起窝头，岂不更妙？

厌恶女性者

不要以为男人都是好色之徒,也有厌恶女性者。

《周书·列传第四十》,萧统三子萧詧①,曾在江陵称帝八载,据说他"少有大志,不拘小节……性不饮酒,安于俭素……尤恶见妇人,虽相去数步,遥闻其臭。经御妇人之衣,不复更著"。

一个曾临九五的人,无论在位如何短暂,疆土如何狭小,我们可以想象内宫粉黛,必极其妍。而萧詧恶见妇人,事属不经,似难索解。女人离他数步之遥,

---

① 詧,读 chá,同察。

他就闻到她的臭味，更是离奇，难道他遇到的妇人个个都患狐臭？因思古时淳于髡一斗亦醉，一石亦醉，最欢畅的时候是"州闾之会，男女杂坐……前有堕珥，后有遗簪""男女同席，履舄交错……主人留髡而送客，罗襦襟解，微闻芗泽"。芗泽就是指女人身上散发出来的一股特殊的香气。淳于髡说的大概是实话。这种香气须在相当亲近肌肤的时候才能闻到。《红楼梦》里宝玉不是就曾一再勉强的要闻黛玉的袖口么？只因袖口里有芗泽。这种香气，萧詧大概是无缘消受。不过萧詧雅好佛理，曾有"内典华严般若法华金光明义疏四十六卷"的著作行世，也许因潜心佛理而厌恶女色，亦未可知。可是事实上他生了八个儿子，死时才四十四岁，这又怎么说？

厌恶女性者，英文叫做 misogynist，在文学作品中有时也有很率直的描述。例如：十六世纪作家约翰·黎利（John Lyly）所作《优浮绮斯》（*Euphues*），其中有一封长信,是优浮绮斯在离开那不利斯返回雅典时写给他的一位朋友及一般痴情男子的。这封信号称为"戒色指南"(The Cooling Card)。其言曰:

> 她如果贞洁,必定拘谨;如果轻佻,必定淫荡;如是严肃的婆娘,谁肯爱她?如是放浪的泼妇,谁愿娶她?如是侍奉灶神的处女,她们是誓不嫁人的;如是追随爱神的信徒,她们是势必荒淫的。如果我爱一个美貌的,势必引起嫉妒;如果我爱一个貌寝的,会要使我疯狂。如果生育频繁,则负担有增无已;如果不能生育,则我的罪孽愈发深重;如果贤淑,我会担心她早死;如果不淑,我会厌恶她长寿。

把女人说得一无是处,其结论是"避免接近女人"。优浮绮斯的私行并不谨饬,被蛇咬过一回,以后见了绳子也怕。所以他的厌恶女性的论调实是有感而发。

异性相吸，男女相悦，乃是常情。至于溺于女色者，如纣王之宠妲己、幽王之宠褒姒，以至于亡国，则罪不全在妲己与褒姒，纣王幽王须负更大之责任。只因佳人难再得，遂任其倾城倾国，昏君本人之罪责岂容推诿？赵飞燕的女弟刚接进宫，就有人在背后议论："此祸水也，必将灭火。"汉得火德而兴，是否因此一女子而澌灭，且不去管它，"祸水"一词从此成了某些女性的代名词。西谚有云："任何事故，追根问柢，必定有个女人。"话并不错，不过要看怎样解释。一个人在事业上有所成就，很大部分是因为家有贤妻，一个人一生中不闯大祸，也很大部分是因为家有贤妻。"女人是水做的，男人是泥做的"，是女性崇拜的说法，指女人为祸水，是厌恶女性者的口头禅。

教育你的父母

"养不教，父之过。"现在时代不同了，父母年纪大了，子女也负有教育父母的义务。话说起来好像有一点刺耳，而事实往往确是这样。

"吃到老，学到老。"前半句人人皆优为之，后半句却不易做到。人到七老八十，面如冻梨，痴呆黄耇，步履维艰，还教他学什么？只合含饴弄孙（如果他被准许做这样的事），或只坐在公园木椅上晒太阳。这时候做子女的就要因材施教，教他的父母不可自暴自弃，应该"当一天和尚撞一天钟"，"人生七十才开始"。西谚有云："没有狗老得不能学新把戏。"岂可人不如狗？并且可以很容易的举出许多榜样，例如：

一、摩西老祖母一百岁时还在画。

二、罗素九十四岁时还在奔走世界和平。

三、萧伯纳九十二岁还在编戏。

四、史怀泽八十九岁还在非洲行医。

五、歌德写完他的《浮士德》时是八十三岁。

旁敲侧击，教他见贤思齐，争上游，不可以自甘老朽，饱食终日。游手好闲，耗吃等死，就是没出息。年轻人没出息，犹有指望，指望他有朝一日悛悔自新。上了年纪的人没出息，还有什么指望？二辈子！

孩子已经长大成人，甚至已经生男育女，在父母眼中他还是孩子。所以老莱子彩衣娱亲，仆地作儿啼，算是孝行。那时候他已经行年七十，他的父母该是九十以上的人了。这种孝行如今不可能发生。如今的孩子，翅膀一硬，就要远走高飞，此后男婚女嫁，小两口子自成一个独立的单位，五世同堂乃成为一种幻想，或竟是梦魇。现代子女应该早早提醒父母，老境如何打发,宜早为之计,告诉他们如何储蓄以为养老之资,如何锻炼身体以免百病丛生。最重要的是要他们心理有所准备,需要自求多福,颐养天年,与儿女无涉。俗语说:"一个人可以养活十个儿子,十个儿子养不活一个爸爸。"那就是因为儿子本身也要养活儿子,自顾不暇,既要承上,又要启下,忙不过来。十个儿子互相推诿,爸爸就没人管了。

代沟之说,有相当的道理。不过这条沟如何沟通,只好潜移默化,子女对父母未便耳提面命。上一代的人有许多怪习惯,例如:父母对于用钱的方式,就常不为子女所了解。年轻人心里常嘀咕,你要那么多钱干什么?一个钱也带不了棺材里去!一个钱看得像斗大,一串串的穿在肋骨上,就是舍不得摘下来。眼瞧着钱财越积越多,而生活水准不见提高。嘀咕没有用,要事实上逐步提示新的生活模式。看他的一把坐椅缺了一只脚,垫着一块砖,勉强凑合,你便不妨给他买一张转椅躺椅之类,看他肯不肯坐。看他的衣服捉襟见肘，污渍斑斑，你便不妨给他买一件松松大大的夹克，看他肯不肯穿。这当然不免要破费几文，然而这是个案研究的教学法，教具是免不了的。终极目的是要父母懂得如何过现代的生活，要让他知道消费未必就是浪费。

勤俭起家的人无不爱惜物资。一颗饭粒都不可剩在碗里，更不可以落在地上。一张纸，一根绳，都不能委弃。以至家家都有一屋子的破铜烂铁。陶侃竹头木屑的故事一直传为美谈，须知陶侃至少有储存那些竹头木屑的地方。如今三房两厅的逼仄的局面，如何容得下那一大堆的东西？所以做子女的在家里要不时的负起清除家里陈年垃圾的责任。要教导父母，莫要心疼，旧的不去，新的不来。

我们一般中国人没有立遗嘱的习惯，尽管死后子女打得头破血出，或是把一张楠木桌锯成两半以便平分，或是缠讼经年丢人现眼，就是不肯早一点安排清楚。其原因在于讳言死。人活着的时候称死为"不讳"

或"不可讳",那意思就是说能讳时则讳,直到翘了辫子才不再讳。逼父母立遗嘱,这当然使不得。劝父母立遗嘱,也很难启齿。究竟如何使父母早立遗嘱,就要相机行事,乘父母心情开朗的时候,婉转进言,善为说词,以不伤感情为主。等到父母病革,快到易簀的时候才请他口授遗言,似乎是太晚了一些。

教育的方法多端,言教不如身教。父母设非低能,大抵也会知道模仿。在公共场所,如果年轻人都知道不可喧哗,他们的父母大概也会不大声说话。如果年轻人都知道鱼贯排队,他们的父母也会不再攘臂抢先。如果年轻人不牵着狗在人行道上遗矢,他们的父母也许不好意思到处吐痰。种种无言之教,影响很大,父母教育儿女,儿女也教育父母,有些事情是需要解释的,例如:中年发福不是好现象,要防止血压高,要注意胆固醇等等。

有些父母在行为上犯有错误,甚至恶性重大不堪造就,为人子者也负有教育的责任。子曰:"事父母,几谏;见志不从,又敬而不违,劳而不怨。"这就是说,父母有错,要委婉劝告,不可不管;他不听,也不可放弃不管,更不可怨恨。当然,更不可以体罚。看父母那副孱弱的样子,不足以当尊拳。

干屎橛

《五灯会元》里有这样一段记载:

> 僧问云门:"如何是佛?"门云:"干屎橛。"

凡能"自觉""觉他""觉行圆满"者皆谓之佛。人人皆有佛性,皆可成佛,不一定对释迦牟尼才可称佛。但是,佛是人生至高无上的一种境界,也是至尊无上的一种尊称,这是我们大家所共认的。僧问云门如何是佛,有心向上,所以才发此问。云门乃是五代一位禅宗高僧,本名文偃,居韶州之云门山,建云门寺,为云门宗之祖，世以云门称之。以这样的一位有道之士，何以口出秽言，以这样不堪的话语来答僧问？须知这正是禅师之猛下钳锤处。禅宗主旨，在于明心见性，一无所染，至于湛然寂静的境界。若是口中说佛，便是心中尚横亘着一个佛的观念，尚存有凡圣差别之心。云门怕听人说佛之一字，所以干干脆脆以最难听的比喻回答他：佛就是不值一提的干屎橛。这是禅师诃佛骂祖的一贯作风。僧若有缘，当下即应有悟。

何谓干屎橛？不要误会以为那是在粪场里我们所习见的纵横狼藉被阳光晒干了的屎橛。这里所谓的干屎橛，乃是拭粪之具。干作动词解。印度风俗，人于便后用小木竹片拭粪，谓之厕筹，亦名厕橛。干屎橛就是指这个厕橛。现在印度是否还有此种风俗，我不知道。当初有这种风俗，其陋可想。可怪者是佛教东来，我国寺观之中也传来此种陋俗，云门寺中当必有此设备。元人陶宗仪《南村辍耕录》："今寺观削木为筹，置厕圊中，名曰厕筹。"是元时寺庙之中尚有此物。而宋人龙衮所著《江南野史》，记南唐史事，述"李后主亲为桑门削作厕简子"。厕简子亦即是这个干屎橛。李后主为僧人做厕筹，大概也自认为是一种敬礼三宝的功德。

寺观之外，干屎橛是否在民间普遍使用，如其不用则以何物代替，何时才知道开始用纸，恕我孤陋寡闻。我知道清末北方乡间一切都还是十分简陋的。城里人知道用草纸，黄澄澄的粗糙至极，纸面上有草屑，有时还有蒲公英的花絮，硬挺挺的，坚而且厚。乡下人求草纸而不可得，地面上的砖头石块，俯拾即是，可以随意取用。如果入得青纱帐里，扯下一片高粱叶玉米叶，可以技巧的一划而不至于划破皮肤。

人到了什么地方就要适应什么环境。就是物质文明很高的国度里，其穷乡僻壤高山丛林之中也不见得就有卫生设备以及卫生纸。我知道有几个在美国习森林学的青年，经常攀登野外的高山，在长年积雪的原始森林中做长期间的实习，他们的行囊已经够重,并不携带卫生纸。我问他们如何解决如厕的问题。他们笑答说:"很简单,拣一棵比较容易爬上去的大树,跨在一根横枝上,居高临下,方便无比。"我再问何以善其后,他们乃大笑说:"在地面上掬起一捧雪,加紧捏凑成为一个坚实的雪团,就可以代替卫生纸了,用了一个还可以再做一个。"我问他感觉如何。他说:"冰凉的,很好受。"大概胜似干屎橛吧?只是我们哪里有那样方便的雪?

风 水

何谓风水？相传郭璞所撰《葬书》说："葬者乘生气也。经曰，气乘风则散，界水则止。古人聚之使不散，行之使有止，故谓之风水。"这话好像等于没说。揣摩其意，大概是说，丧葬之地须要注意其地势环境，尽可能的要找一块令人满意的地方。至于什么"气乘风则散，界水则止"，就有点近于玄虚，人死则气绝，还有什么气散气止之可说？

葬地最好是在比较高亢的地方，因为低隰①的地

---

① 隰，读 xí，低湿的地方。

方容易积水，对于死者骸骨不利；如果地势开廓爽朗，作为阴宅，子孙看着也会觉得心安。这都是可以理解的。不过一定要寻龙探脉，找什么"生龙口"，那就未免太难。堪舆家所谓的各种各样的穴形，诸如"七星伴月形""双燕抱梁形""游龙戏水形""美女献花形""金凤朝阳形""乌鸦归巢形""猛虎擒羊形""骑马斩关形"……无穷无尽的藏风聚气的吉穴之形，堪舆家说得头头是道，美不可言。我们肉眼凡胎，不谙青乌之术，很难理解，只好姑妄听之。更有所谓"阴刀出鞘形"者，就似乎是想入非非了。

吉穴的形势何以能影响到后代子孙的发旺富贵，这道理不容易解释。历来学者有许多对于风水之说抱怀疑态度。《张子全书》："葬法有风水山冈之说，此全无义理。"全无义理，就是胡说乱道之意。司马光《葬论》："《孝经》云：'卜其宅兆。'非若今阴阳家相其山冈风水也。"他也是一口否定了风水的说法。可是多少年来一般民众卜葬尊亲，很少不请教堪舆家的，好像不是为死者求福,而是为后人的富贵着想。活人还想讨死人的便宜。死人有剩余价值,他的墓地风水还能给活人以福祉灾殃!"不得三尺土,子孙永代苦。"真有这种事么?

有人仕途得意,历经宦海风波,而保持官职如故,人讽之为五朝元老,彼亦欣然以长乐老为荣。或问其术安在,答曰:"祖坟风水佳耳。"后来失势,狼狈去官,则又曰:"听说祖坟上有一棵大树如盖,乃风水所系,被人砍去,遂至如此。"不曰富贵在天,乃云富贵在地!在一棵树!

人做了皇帝,都以为是子孙万世之业,并且也知道自古没有万岁天子,所以通常在位时就兴建陵寝。风水之佳,规模之大,当然不在话下。我曾路过咸阳,向导遥指一座高高大大的土丘说:"那就是秦始皇墓。"我当然看不出那地方风水有什么异样,我只知道他的帝祚不永,二世而斩。近年他的坟墓也被掘得七零八落了。陵寝有再好不过的风水,也自身难保,还管得了他的孝子贤孙变成为飘萍断梗?近如清朝的慈禧太后,活的时候营建颐和园,造孽还不够,陵寝也造得坚固异常,然而曾几何时禁不住孙殿英的火药炮轰,落得尸骨狼藉。或曰:这怪不得风水,这是气数已尽。既讲风水,又说气数,真是横说横有理,竖说竖有理。

阴宅讲风水,阳宅焉能不讲?民间最起码的风水常识是大门要开在左方。《礼记·曲礼上》:"行,前朱鸟而后玄武,左青龙而右白虎。"其实这是说行军时旌旗的位置。后来道家思想才以青龙为最贵之神,白虎为凶神。门开在右手则犯冲了太岁。迄今一般住宅的大门(如果有大门)都是开在左方的。大家既然尚左,成了习俗,我们也就不妨从众。我曾见有些人家,重建大门,改成斜的,是真所谓"斜门"!吉凶祸福,原因错综复杂,岂是两扇大门的位置方向所能左右?车靠左边走,车靠右边行,同样的会出车祸。

不知道为什么别人家的山墙房脊冲着我家就于

我不利,普通的禳避之法是悬起一面镜子,把迎面而来的凶煞之气轻而易举的反照回去,让对方自己去受用。如果镜子上再画上八卦,则更有除邪厌胜的效力。太上老君诸葛孔明和捉鬼的道士不都是穿八卦衣么?

据说都市和住宅的地形也事关风水,不可等闲视之。《朱子语录》:"古今建都之地,莫过于冀,所谓无风以散之,有水以界之也。"可是看看那些建都之地,所谓的王气也都没有能延长多久,徒令后人兴起铜驼荆棘之感。北平城墙不是完全方方正正的,西北角和东南角都各缺一块,据说是像"天塌西北地陷东南",谁也不知道这究竟起了什么作用。只知道如今城墙被拆除了。住宅的地形如果是长方形,前面宽而后面窄,据说不仅是没有裕后之象,而且形似棺木,凶。前些年我就住过这样的一栋房子,住了七年,没事。先我居住此房者,和在我以后迁入者,均奄忽而殁,这有什么稀奇,人孰无死?有一位朋友,其家背山面水，风景奇佳，一日大雨山崩，人与屋俱埋于泥沙之中，死生有命，非关风水。

近来新官上任，纵不修衙，那张办公桌子却要摆来摆去，斟酌再三，总要摆出一个大吉大利的阵式。一般人家安设床铺也要考虑，大概面西就不大好，怕的是一路归西。西方本是极乐世界所在，并非恶地。床无论面向何方，人总是一路往西行的。

客有问于余者曰："先生寓所，风水何如？"我告诉他，我住的地方前后左右都是高楼大厦，我好像是藏身谷底，终日面壁，罕见阳光，虽然台风吹来，亦不大有所感受，还说什么风水？出门则百尺以内，有理发馆六七处，餐厅二十多家，车龙马水，闹闹轰轰，还说什么风水？自求多福，如是而已。

天 气

熟人相见,不能老是咕嘟着嘴,总得找句话说。说什么好呢?一时无话可说,就说天气吧。"今天好冷啊。""是呀,好冷好冷。"寒来暑往,天道之常,气温升降,冷暖自知,有什么好说的?也许比某些人见面就问"您吃饭啦?""您喝茶啦?",或是某些染有洋习的人之不分长幼尊卑一律见面就是一声"嗨!"要好得多。拿天气作为初步的谈话资料,未尝不可,我们自古以来,行之久矣,即所谓"寒暄",又曰"道炎凉"。

天气也真是怪,变化无常。苦了预报天气的人。

我看过一幅漫画，画着一位可怜巴巴的预报天气的人向他的长官呈递辞书。长官问他何故倦勤，他说："天气不与我合作。"我看了这幅画，很同情他。他以后若是常常报出明天天气"晴，时多云，局部偶阵雨"，我不会十分怪他。天有不测风云，教谁预报天气，也是没有太大把握。不过说实话，近年来天气预报，由于技术进步，虽难十拿九稳，大致总算不错。预报正确，没有人喝彩鼓掌，更没有人发报鸣谢。预报离了谱，少不得有人抱怨，甚至大骂。从前根本没有什么天气预报之说，人人撞大运。北方民间迷信，娶妻那天若是天下大雨，硬说是新郎官小时候骑了狗！古人预测天气，有所谓"月晕而风，础润而雨"之说（见苏洵《辨奸论》）。谁能天天仰观天象而且天上亦未必随时有月。至于础，础润由于湿度高，可能是有雨之兆，但是现代房屋早已没有础可寻了。西方人对于预卜天气也有不少民俗传说。例如：蝙蝠飞进屋，牛不肯上牧场，猫逆向舔毛，猪嘴衔稻草，驴大叫，蛙大鸣……都是天将大雨的征兆。有人利用蟋蟀的叫声,在十五秒内听他叫多少声,再加三十七,就等于那一天的气温(华氏表)。又有人编了四句顺口溜:

燕子飞得高,
晴天,天气好;
燕子飞得低,
阴天,要下雨。

西太平洋热带附近和中国海的台风是有名的。元忽必烈汗两度遣兵远征日本,不顾天时地利,都遭遇了台风而全军覆没,日本人幸免于难,乃称之为"神风"。我们知道台风是有季节性的,奈何忽必烈汗计不及此?我初来台湾,耳台风之名,相见恨晚,不过等到台风真个来袭,那排山倒海之势,着实令人心惊。记得有一年遇到一个超级的西北台风,风狂雨骤,四扇落地窗被吹得微微弯曲,有迸破之虞,赶快搬运粗重家具将窗顶住,但见雨水自窗隙汩汩渗进,无孔不入,害得我一家彻夜未能阖眼。于是听人劝告,赶制坚厚的桧木椚板,等到椚板做成,没有使用几次,竟无大台风来。我们总算幸运,没有北美洲那样强烈的飓风(即龙卷风),风来像一根巨柱,把整栋的房屋席卷上天!我们的台风来前,向有预报,这恐怕要感谢国际合作,以及卫星帮忙。虽然偶有来势汹汹而过门不入的情事,也乐得凉快一阵喜获甘霖,没得可怨。

人总是不知足。不是嫌太热,就是嫌太冷。朔方太冷,冰天雪地,重裘不暖,好羡慕"暖风熏得游人醉"的景况。炎方太热,朱明当令,如堕火宅,又不免兴起"安得赤脚踏层冰"的念头。有些地方既不冷又不热,好像是四季如春,例如我国的昆明便是其中之一,住在这种地方的人应该心满意足没话可说了。然而不然,仍然有人抱怨,说这样的天气过于单调,缺乏春夏秋冬的变化,有悖"天有四时"之旨。好像是一定要一年之中轮流的换着四季衣裳才觉得过瘾。

好像是一定要"春有百花秋有月，夏有凉风冬有雪"，才算是具有良辰美景赏心乐事。我看天公着实作难，怎样做都难得尽如人意。

久晴不雨则旱，旱则禾稻枯焦。久雨不歇则涝，涝则人其为鱼。这就是靠天吃饭的悲哀。天气之捉弄人，恐怕尚不止此。据气象家的预测，如果太阳的热再加百分之三十，地球上的生物将完全消灭。如果减少百分之三十，地球将包裹在一英里厚的冰层内！别慌，这只是预测，短期内大概不会实现。

礼 貌

前些年有一位朋友在宴会后引我到他家中小坐。推门而入,看见他的一位少爷正躺在沙发椅上看杂志。他的姿式不大寻常,头朝下,两腿高举在沙发靠背上面,倒竖蜻蜓。他不怕这种姿式可能使他吃饱了饭吢①出来,这是他的自由。我的朋友喊了他一声:"约翰!"他好像没听见,也许是太专心于看杂志了。我的朋友又说:"约翰!起来喊梁伯伯!"他听见了,但是没有什么反应,继续看他的杂志,只是翻了一下

---

① 吢,读 qìn,呕吐。

白眼，我的朋友有一点窘，就好像耍猴子的敲一声锣教猴子翻筋斗而猴子不肯动，当下喃喃的自言自语："这孩子，没礼貌！"我心里想：他没有跳起来一拳把我打出门外，已经是相当的有礼貌了。

礼貌之为物，随时随地而异。我小时在北平，常在街上看见戴眼镜的人（那时候的眼镜都是两个大大的滴溜圆的镜片，配上银质的框子和腿）。他一遇到迎面而来的熟人，老远的就刷的一下把眼镜取下，握在手里，然后向前紧走两步，两人同时口中念念有词互相蹲一条腿请安。我至今不明白为什么二人相见要先摘下眼镜。戴着眼镜有什么失敬之处？如今戴眼镜的人太多了，有些人从小就成了四眼田鸡，摘不胜摘，也就没人见人摘眼镜了。可见礼貌随时而异。

人在屋里不可以峨大冠①，中外皆然，但是在西方则女人有特权，屋里可以不摘帽子。尤其是从前的

---

① 峨大冠，指戴高帽子。

西方妇女，她们的帽子特大，常常像是头上顶着一个大鸟窝，或是一个大铁锅，或是一个大花篮，奇形怪状，不可方物。这种帽子也许戴上摘下都很费事，而且摘下来也难觅放置之处，所以妇女可以在室内不摘帽子。多半个世纪之前，有一次在美国，我偕友进入电影院，落座之后，发现我们前排座位上有两位戴大花冠的妇人，正好遮住我们的视线。我想从两顶帽子之间的空隙窥看银幕亦不可得，因为那两顶大帽子不时的左右移动。我忍耐不住，用我们的国语低声对我的友伴说："这两个老太婆太可恶了，大帽子使得我无法看电影。"话犹未了，一位老太婆转过头来，用相当纯正的中国话对我说："你们二位是刚从中国来的么？"言罢把帽除去。我窘不可言。她戴帽子不失礼，我用中国话背后斥责她，倒是我没有礼貌了。可见礼貌也是随地而异。

西方人的家是他的堡垒，不容闲杂人等随便闯入，朋友访问以时，而且照例事前通知。我们在这一方面的礼貌好像要差一些。我们的中上阶级人家,深宅大院,邻近的人不会随便造访。中下的小户人家,两家可以共用一垛墙,跨出门不需要几步就到了邻舍,就容易有所谓串门子闲聊天的习惯。任何人吃饱饭没事做,都可以踱到别人家里闲磕牙,也不管别人是否有功夫陪你瞎嚼蛆。有时候去的真不是时候,令人窘,例如在人家睡的时候,或吃饭的时候,或工作的时候,实在诸多不便,然而一般人认为这不算是失礼。一聊没个完,主人打哈欠,看手表,客人无动于衷,宾至如归。这种串门子的陋习,如今少了,但未绝迹。

探病是礼貌,也是艺术。空手去也可以,带点东西来无妨。要看彼此的关系和身份加以斟酌。有的人病房里花篮堆集如山,像是店铺开张,也有病人收到的食物冰箱里装不下。探病不一定要面带戚容,因为探病不同于吊丧,但是也不宜高谈阔论有说有笑,因为病房里究竟还是有一个病人。别停留过久,因为有病的人受不了,没病的人也受不了。除非特别亲近的人，我想寄一张探病的专用卡片不失为彼此两便之策。

吊丧是最不愉快的事，能免则免。与死者确有深交，则不免拊棺一恸。人琴俱亡，不执孝子手而退，抚尸陨涕，滚地作驴鸣而为宾客笑都不算失礼。吊死者曰吊，吊生者曰唁。对生者如何致唁语，实在难于措词。我曾见一位孝子陪灵，并不匍伏地上，而是翘起二郎腿坐在椅子上，嘴里叼着纸烟，悠然自得。这是他的自由，然而不能使吊者大悦。西俗，吊客照例绕棺瞻仰遗容。我不知道遗容有什么好瞻仰的，倒是我们的习惯把死者的照片放大，高悬灵桌之上，供人吊祭，比较合理。或多或少患有"恐尸症"的人，看了面如黄蜡白蜡的一张面孔，会心里难过好几天，何苦来哉？在殡仪馆的院子里，通常麇集着很多的吊客，不像是吊客，像是一群人在赶集，热闹得很。

关于婚礼，我已谈过不止一次，不再赘。

饮宴之礼，无论中西都有一套繁文缛节。我们现行的礼节之最令人厌烦的莫过于敬酒。主人敬酒是题中应有之义，三巡也就够了。客人回敬主人，也不可少。惟独客人与客人之间经常不断的举杯，此起彼落，也不管彼此是否相识，也一一的皮笑肉不笑的互相敬酒。有些人根本不喝酒，举起茶杯汽水杯充数。有时候正在低头吃东西，对面有人向你敬酒，你若没有觉察，对方难堪，你若随时敷衍，不胜其扰。这种敬酒的习惯，不中不西，没有意义，应该简化。还有一项陋习就是劝酒，说好说歹，硬要对方干杯，创出"先干为敬"的谬说，要挟威吓，最后是捏着鼻子灌酒，甚至演出全武行，礼貌云乎哉？

高尔夫

高尔夫是洋玩意儿,哪一种球戏不是洋玩意儿?半个世纪前,我看到洋人打高尔夫。好像只有豪门巨贾才玩那种球戏,政坛显要不大参预其间。知识分子还不时的加以嘲笑,称之为TBM的消闲之道。TBM是"倦了的商界人士"之简称,多少带有贬意。商业大亨在豪华的办公室内精打细算,很费脑筋,一个星期下来头昏脑涨,颇想到郊外走走,换换空气,高尔夫恰好适合这种要求。

一片片的绿草如茵,一重重的冈峦起伏,白云朵朵,暖风习习,置身在这样的环境中,能不目旷神怡?

在发球区的球座上放一只小小的坑坑麻麻的白色小球，然后挺直身子，高高举起杆子，扭腰，转身，嗖的一下子挥杆打击出去，由于技术高或是运气好，这一下子打着了，球飞跃在半天空。这时节还不忙着把身体恢复原状，不妨歪着脑袋欣赏那只球的远远的飞腾，自己惊讶自己怎有此等腕力。过几秒钟，开步向前走，自有球僮跟着为你背那一袋大大小小的球棒，快步慢步由你，没人催没人赶，一杆一杆的把那小白球打进洞里。打完九个洞或十八个洞，腿也酸了，人也乏了，打道回家，洗澡吃饭。这就是标准的 TBM 周末生活方式。

"高尔夫"源自苏格兰。起初并无光荣历史。大约是在十五世纪初期，在离爱丁堡之北约五十里处的圣安德鲁斯，才有人开始打高尔夫，但是也有人说是起源于荷兰，因为高尔夫是荷兰语，义为杆。更有人说较早的球杆不过是牧羊的曲杖，牧羊人一面看羊群吃草，一面以杖击石为戏。这一说也没有什么稀奇，我们台湾的红叶少棒队当初也是一群穷孩子用树枝木棒打石子苦练成功的。一四五七年，苏格兰王哲姆斯二世时代，议会通过法案："足球与高尔夫应严行取缔"，主要原因是球戏无益，浪费时间，而且不是高雅的消遣。士大夫正当活动应该是练习射箭，我们古代六艺中之所谓"射"，射是保卫国家的技能。哲姆斯四世本人爱打高尔夫，可是他也承认高尔夫耗时无益。人民不听这一套，爱打高尔夫的越来越多。十六世纪中，苏格兰女王玛丽成为历史上第一位出名的高尔夫女将。她呼球僮为caddie，这是一个法文字，因为她是在法国受教育的。

高尔夫盛行于美国，是有道理的，那里的TBM特别多。据说如今美国有一万二千五百个高尔夫球场（公私合计），打高尔夫的有一千六百万人之多，每年总共投资进去在三亿五千万美元以上。脑满肠肥的人，四体不勤的人，出去活动活动筋骨，总比在灯红酒绿的俱乐部里鬼混，或是在一掷万金的赌窟里消磨时光，要好得多。打高尔夫的不仅是商人了，政界人士也跟踪而进。本来开杂货店的卖花生的摇身一变可以成为总统，做大官的摇身一变也可以成为什么董事长总经理之类，其间没有太大的区别，打高尔夫，有钱就行。有人说，高尔夫应该译为高尔富，不无道理。

日本是战败国，但也是暴发户，而且传统的善于东施效颦。据说高尔夫在日本也大行其道。最近十年中，日本的高尔夫运动的人口已经突破一千万人大关。全国每十二个人当中便有一个打高尔夫。全国大大小小的高尔夫球场有三百四十几个。要想打高尔夫需要先行入会，入会费高低不等，最低的日币二三十万元，高的达到二千万至三千万元之数，而以小金井高尔夫球场为最高，高到九千万。会员证可以买卖转让，有行情，可以分期付款。所以高尔夫不仅是消闲运动，还是一种投资，亏得日本人想得出这种鬼主意。

不要说我们台湾地窄人稠，不要说我们的生存空间不多，试看我们的各大都市郊外哪一处没有一两个规模不小的高尔夫球场？其中颇有几个人影幢幢在那里挥杆走动。我是没有资格打高尔夫的，但是"同学少年多不贱"，很有几位是有资格的，好多年前，我去拜访一位老同学，他正在束装待发，要去北投挥杆。说好说歹，把我拉上车去要我陪他去走一程，并告诉我北投球场的担担面很有名，他要请我吃面。我去了，我看了，我吃了，可是事后想想，我付了代价。在草地上走了好几个钟头，只为了看着那个小白球进洞，直走得两腿清酸。一洞又一洞，只好一路向前，义无反顾。吸进的新鲜空气固然不少，喷出去的喘气也很多。好不容易的绕了一个大圈子，绕回出发的地方，朋友没食言，真个请了我吃担担面，当时饥肠辘辘，三口两口吞下肚，也不知道滋味如何。低头看着自己的两只脚，鞋子上沾满雨露湿泥，归去费了好大劲才刷洗干净，以后还想再去参观别人打高尔夫么？永不，永不，永不！

真有人劝我加入高尔夫的行列。他们说除了消闲运动之外，还有奥妙无穷。我想起了两个故事，一个是晋惠帝九岁时，天下糜沸，民多饥死，帝曰："何不食肉糜？"一个是法国路易十六之后玛丽安朵奈闻人民叫嚣，后问左右，曰："人民无面包吃，故聚众鼓噪。"后曰："何不食蛋糕？"朋友怪我久居都市，心为形役，何不驱车上草原，打个十洞八洞，一吐胸中闷气？我无以为对。我宁可黎明即起，在马路边独自曳杖溜达溜达。